いのちの波止場

南杏子

幻冬舎

いのちの波止場

目次

プロローグ

二〇二三年の五月、まさか能登半島で過ごすとは思わなかった。

これからの生活を想像しきれないまま、私はのと鉄道で北上している。

二両しかない列車の窓からは、深い灰色と緑色を混ぜたような暗い色の海が遠くに見えた。波はなく、その静けさに息をのむ。海であるという知識がなければ湖と勘違いしたかもしれない。手前には黒光りする屋根瓦の家が点在し、近くには整った畑がある。けれど、人の営みがあると感じさせる場所はすぐに通り過ぎ、再び人の手の入らない木々に視界が覆われてしまう。

新緑は、いかにも植物の青年期を思わせるような勢いがある。緑の光があまりにも鋭く、思わず目を閉じた。終点の穴水駅《あなみずえき》まではまだしばらくかかりそうだ。


「七十歳になるから、リタイアするね」

金沢のまほろば診療所で看護師として働いていた私は、院長の仙川徹《せんかわとおる》先生が発した突然の引退宣言に驚かされた。淡々とした毎日がいつまでも続くと思っていたから。

まほろばに勤務して十一年になる。ライバル診療所の出現で患者さんが減って大変な時期もあったが、みんなで力を合わせて乗り越えた。コロナ禍が落ち着き、やっと安心して訪問診療に向き合えるようになったばかりだった。

なのに先月、仙川先生は診療所の裏手にある住居をきれいに片づけ、生まれ故郷の穴水町に行ってしまった。親戚だってもう一人も残っていないというのに。

そんな一方的な決定は、ありなのか？　私たちのまほろば診療所のことはどうでもいいのか？　何度も真意を問いただした。

「みんなの負担になりたくなくて。これからは自由にやってよ。君たちなら大丈夫だから」

仙川先生の答えには、すぐには納得できなかった。無責任だと思った。

でも、一緒に働いていた白石咲和子《しらいしさわこ》先生が院長を引き継ぎ、診療所は新たな形で動き始めた。毎日の訪問診療は野呂聖二《のろせいじ》先生が中心となり、この春から加賀大学医学部附属病院から派遣されてくる研修医の指導にも当たるようになった。

患者数の増加に応じて昨年の秋に看護師を追加採用したのも幸いした。三人の元気なナースが私の後輩として配属され、今では十分な戦力になっている。

仙川先生の言った通り、まるで嘘のように「大丈夫」だった。

私にとって最も予想外だったのは、仙川先生の暮らす穴水町の病院で実習を受けるように白石先生からすすめられたことだ。

まほろば診療所　星野麻世《ほしのまよ》殿

当院が主催します『緩和ケア病棟エキスパート看護実習』（六か月）へエントリーを頂き誠にありがとうございます。この度、選考の結果、当該コース実習生として貴殿の受け入れが確定いたしましたので、ここにお知らせします。

能登さとうみ病院　院長　大山健太郎《おおやまけんたろう》
緩和ケア科　医長　北島和人《きたじまかずと》

能登さとうみ病院の緩和ケア科は、終末期医療に携わる医師や看護師なら一度は見てみたい評判の病棟だ。まほろば診療所のパワーアップのため、新しい知識と技術を身につけてほしい――それが白石先生の提案だった。

私は二つ返事で引き受けた。新しいことを学べるチャンスはいつでもうれしい。さまざまな癌の患者さんが増えている昨今、最新の緩和ケアの知識と技術を吸収してこよう。訪問診療先の患者さんにさらに頼りにしてもらえる存在になるため、しっかりスキルアップするのだ。そう思うと、久しぶりにワクワクした。

能登さとうみ病院から届いたレターを手に、実習への参加が認められたことを白石先生に報告した。先生は驚くほど喜んでくれた。

「よかった！　麻世ちゃん、向こうの病院ではいろいろあると思うけど、しっかり勉強してきてね。何かあったらいつでも連絡待ってるからね。本当よ」

こうして私は仙川先生の暮らす穴水町に向かい、能登さとうみ病院の緩和ケア科で実習をすることになったのだ。

そっと目を開ける。自然のままの木々、その間に点在する黒い屋根瓦の民家と畑、遠くに海……。

車窓からの景色に飽き始めたころ、駅に停車した。しばらくすると深い青色の電車が向こう側から近づいて来る。観光列車「のと里山里海号」だ。すれ違いざまに目を凝らしてみたものの、中はよく見えない。でもお客さんはごちそうを楽しんでいるに違いない。確かあれに乗ると、能登の新鮮な海の幸を使った寿司御膳が食べられると聞いた。ペットボトルのお茶をぐびりと飲む。いつか絶対にあの列車に乗っておいしい物を食べるぞ、と決意する。

観光列車が遠くに去り、しばらくすると海がまた現れる。

海面には黒球がたくさん浮かんでいた。あれは牡蠣《かき》棚だ。中学生のころ、遠足で来て見たはずなのに、すっかりその存在を忘れていた。こんなにも幻想的な風景だったとは。

不思議な海のある場所に、私はこれから半年間、暮らすことになるのだ。間もなく穴水駅に到着するというアナウンスが流れた。

第一章　キリシマツツジの赤

能登さとうみ病院は百床の中規模病院だ。能登半島の中ほどに位置する穴水町のみならず、ここから広く奥能登地方の医療を支える中核病院で、内科や外科、眼科、産科、小児科、リハビリテーション科などがある。

私は正面玄関前に立ち、これからお世話になる病院を仰ぎ見た。大きなガラス窓が光を反射して美しい。看板は古くて地味ではあったが、それだけ真面目に医療に取り組んできた証《あかし》のようにも見える。

一般の診療科とは独立して、緩和ケア科は五階に八床のベッドを持っている。どの病室も個室で、眺めがいい。床にはカーペットが敷かれ、木製の調度品が備え付けられていた。落ち着いたBGMがかすかな音で流れ、ホテルのような心地よさがある。

入院しているのは、主に苦痛の緩和を必要とする悪性腫瘍などの患者さんだ。スタッフは、緩和ケア専門の医師である北島和人先生のほかに若い医師が一人と研修医、日勤帯は看護師三人に介護士四人、夜勤帯は看護師一人に介護士二人の体制が組まれていると聞いている。一般の病棟よりは手厚い配置だ。今回、私はここで特別実習生として業務に就かせてもらう。

看護師として働く場合、医師よりも看護師長がどんな人か、というのが重要だ。幸い、市《いち》村美幸《むらみゆき》師長はおっとりとした落ち着きのある人でよかった。

そして私を直接指導してくれるのは、看護主任の妹尾理央子《せのおりおこ》さんだ。金沢出身、年齢は一回り上の四十五歳。初めて自己紹介したときに高校の先輩と分かり、しかも部活まで同じバスケットボール部だった。

「緩和ケア病棟は、癌の痛みを取るところ――。世間ではそんなイメージが強いけど、実際はそれだけでないのは知っているよね？　痛みだけでなく、亡くなる前に出現するさまざまな苦痛、たとえば食欲不振や吐き気、むくみ、発熱、めまい、不眠などなど。そういった苦しみを取り除いて、少しでも快適に生きるための医療やサポートをするのが私たちの病棟のコンセプトで、そこを多職種のチームで支える。ここまでは、いいわよね？」

妹尾先輩は、病棟の基本的な概要説明《オリエン》を続けた。

「もう一つ、星野さんにしっかり理解してもらいたいのは、必ずしも『緩和ケア＝終末期医療』ではないということ」

「えっと、すみません、どう違うんでしょうか？」

ポケットからメモ帳を取り出した。疑問点を残していては先に進めない。初歩的なことで恥ずかしかったが、取り繕わずに質問する。

「早速の質問、いいわね。ひとことで言うと、この病棟は患者さんのお看取りだけをゴールにしているわけではないってこと。緩和ケアは、入院前の、外来に通院している段階でも、つらい症状を取り除くことを目的に開始されるケースがある。たとえば、まだまだ元気で癌を治療中の患者さんなら、緩和ケア外来で痛みの治療を受ける。けれど通院での疼痛《とうつう》コントロールが難しくなれば、いったん入院して痛み止めの薬の量などを再調整して、また症状が安定すれば退院。そして外来でしばらく治療し、再び疼痛が悪化したら再度入院するという具合にね。緩和ケア病棟に入院したからと言って、必ずしもお亡くなりになる患者さんばかりじゃない。元気に退院させることも大切な役割よ」

疼痛――癌の浸潤などで起きる、ズキズキとうずくような強い痛みを医療の世界ではそう表現する。この痛みをゼロにすることを目指す取り組みが、疼痛コントロールだ。強い痛みさえなければ自宅で過ごしたいという方も少なくない。患者さんにとっては、病院でも在宅でもケアを受けられるのは心強い。

「ありがとうございます。よく分かりました」

退院も目指すというところに明るい希望を覚える。メモを終えて顔を上げると、妹尾先輩は冷めた表情をしていた。

「ただ、うちの病棟の死亡退院率は八三パーセント。十人の患者さんのうち、ご自宅に戻れる方は二人もいない。入院期間は長くても三十日くらい。それが現実。でもね、だからこそ緩和ケア病棟に入院中は、患者さんにすべての苦痛から自由になってもらいたい――。私はそんなふうに自分に言い聞かせている」

苦痛とは、肉体の痛みだけではない。

ナースステーションの壁には「トータルペイン・全人的苦痛に目を向けよう」と大書されたポスターが貼られていた。そこでは苦痛を四種類に分類している。体の痛みや息苦しさなどの「身体的苦痛」、いらだちや怒り、うつ状態といった「精神的苦痛」、家族の問題や経済問題が関わる「社会的苦痛」、そして生きる意味の喪失や死の恐怖といった「スピリチュアルペイン」と呼ばれる四つだ。

さまざまな苦痛を抱える患者さんのケアは、医師や看護師だけではし尽くせるものではなく、多職種の専門家によるチームが必要となる。

ポスターの前でうなずいていると、妹尾先輩に勤務シフト表を渡された。

「来週から夜勤も入ってもらうわね。それから、受け持ち患者さんを常に一人つけるから、その看護計画書を書いて。いろいろと大変だろうけど、よろしくね。ところで、星野さん」

「はい」

覚悟の笑顔を向けたところで、妹尾先輩に意外な質問をされた。

「あなたって、病院顧問の仙川徹先生の知り合いなの？」

昼食後の休憩時間に病院を出る。目に映る町の景色は新鮮だった。駅の方に向かって歩き出してすぐ、広い川にぶつかる。川幅は七メートルほどもあるだろうか。地図で見ると、穴水湾に注ぐ運河になっている。人が渡るためだけの細い橋がかかっており、ここを渡った先に入居したばかりのアパートがある。緑色の可愛らしい二階建てだ。

橋の中央に立って、水面を眺めた。金沢の川のように流れがはっきりしておらず、どちらに向かっているか分かりにくい。

なんだか川も時間も静止しているようだった。

ふと見ると、海に近い対岸で一人のお年寄りが堤防に寄りかかっている。あの背格好にはピンとくるものがあった。間違いない。どう見ても仙川先生だ。一か月くらいしかたっていないのに、もう懐かしかった。

私は小走りになって橋を戻り、早足で駆け寄る。

「こんにちは」

こちらに気づかない仙川先生は、川面《かわも》をのぞき込んだ姿勢のまま、じっと動かなかった。手には小さな竿《さお》がある。だが、周囲には魚を入れるバケツなどはない。何か物思いにふけっている様子にも見えた。

思索の時間を無遠慮に邪魔したくはなかった。もっと大声で呼びかけたい気持ちを抑え、さらに近づく。仙川先生は何やらブツブツとつぶやいていた。

「あっ、ちくしょう！　疑似餌じゃダメか」

拍子抜けする。釣りを一心不乱に楽しんでいただけだった。

「こんにちは、仙川先生」

びくりとした仙川先生は顔を上げ、まぶしそうにこっちを見る。

「おや、麻世ちゃん、どうしたの？」

どうしたのは、こちらのせりふですってば！　と心の中で叫ぶ。穴水に到着してすぐ仙川先生の携帯電話に連絡を入れたのに、出なかったのだ。

「何度も電話したんですよ。昨日から私、能登さとうみ病院の緩和ケア病棟で特別実習やってます」

「あれ、そうなの？」と言いながら胸や尻ポケットを探り、「置いてきたかな」とつぶやく。

仙川先生に尋ねたいことは山ほどあった。とりわけ、能登さとうみ病院で仕事をしていると聞いたが、本当なのか知りたかった。仕事するならまほろば診療所にいればよかったのではないか。

「病院で働いていらっしゃると聞きましたが？」

仙川先生は照れ笑いを浮かべる。

「うん、非常勤で週一日だけ。僕はリタイアした身だから働くつもりなんてなかったんだけど、院長の大山健太郎君、彼は加賀大学病院の後輩で、まあとにかく人使いが荒くてね」

仙川先生は口をとがらせていたが、まんざらでもなさそうだ。地域医療連携室で患者さんの入院調整を担当しているという。入院希望のリクエストが地域の訪問診療医たちから届き、それらを読み解いて緊急性や適応を判断する仕事だ。事務系職員の知恵袋として重宝されていることだろう。

「毎日の食事なんかはどうされているんですか？」

「心配ないよ」

現在は、病院の近くにある民家を借りて住んでいる。食事や身の回りの世話は、ヘルパーさんに入ってもらっているという。

二人で病院の方へ歩いていく。途中に大きなドラッグストアが現れた。

「この町はコンビニが少ないけど、薬局に何でもあるんだよ。肉や野菜まで!」

仙川先生はすごい発見をしたかのように教えてくれた。

「便利ですね!」

最も近いコンビニまで、アパートから歩いて十分ほどかかってしまう。ここなら一、二分だ。急にアイスを食べたくなったりしたときもためらわずに済みそうだ。

なんだか不思議と心強くなってきた。白石先生にすすめられて始まった穴水町での緩和ケア実習だったが、仙川先生がいる病院でよかった。

細い道を歩きながら、ふと仙川先生の持つ釣り竿に目が行った。

「穴水は、まいもんの町ですもんね。牡蠣や魚がいっぱい獲れるんでしょうね」

そう言うと、仙川先生が目を細める。日本酒の好きな先生にはたまらないはずだ。

「でもね、麻世ちゃん。この町で漁業に従事している人は、もう三十数人しかいないんだよ」

「え、たったの……」

意外だった。全国的に有名な岩牡蠣もそんな少人数の漁師さんの手によるものとは知らなかった。

「でも、その約二十倍、六百人以上の人たちが医療・福祉関係の仕事に就いて働いている」

生まれ故郷の、深刻な過疎化と高齢化――先生がどこか悲しそうに目を細めた意味が分かるような気がした。

「山と海しか持たない土地。だからこそ今、さまざまな人の力が必要なんだ」

仙川先生は「ウエルカム」とほほ笑んだ。

緩和ケア科に実習に来てからの五日間、私は無我夢中だった。病棟のどこにどんな物品があり、看護カルテやバイタル表に何をどう記録する必要があるのか。こうした事柄は病院ごと、診療科ごとに違うものだ。そのうえで、どんな患者さんがどの病室にいて、現在はどのような状態なのかを正しく把握しておくことが何より重要だった。

しかも、私が主担当となる患者さんがいた。妹尾先輩から受け持ち患者に指名されたのは、503号室の久保田《くぼた》ルミ子さんだ。

そして、初めての夜勤日を迎えた。

今夜の夜勤看護師は、妹尾先輩と私の二人だ。同僚のナースを束ねる妹尾先輩は、いつも冷静で、てきぱきと指示を出す姿がりりしい。

「星野さん、夜はスタッフが少ないから、受け持ち患者さん以外にも十分気を配ってね。502号室の今井《いまい》さんはモルヒネ導入初期だから、副作用が出やすいので注意してあげて」

妹尾先輩に言われて、メモを取り出す。今井さんは乳癌が骨に転移した患者さんだった。

「それから、糖尿病の悪化でインスリン導入になった507号室の佐藤《さとう》さんは、就寝前に血糖値のチェックをお願いね。もしも低血糖だったら、すぐ当直ドクターに報告してね」

「分かりました」

重要事項はメモに赤丸で印をつける。

「510号室の保坂《ほさか》さんは、医療用麻薬の調整が済んで、明日が帰宅予定。本人がちょっと興奮して何でも自分でやろうとしているから危険よ。505号室の水原《みずはら》さんは今日、過鎮静ぎみで起きてこないと思うから、そのセンサーを今夜だけ保坂さんの部屋に移動しましょう。夜間のトイレをキャッチできるように。退院前に転んで骨折したら気の毒だからね」

個々の患者さんの病態把握とそれに応じた配慮は看護師業務の基本中の基本だ。だが、看護記録に目を通していても、情報が多すぎて、どこが重要か理解しきれなかった。妹尾先輩は病棟全体の状況をつかんでコンパクトに指示を出してくれる。おかげで、個々の患者さんの看るべきポイントが絞られ、頭が整理された。私はそれに従って優先順位を考えつつ行動していけばよい。

緩和ケア病棟には501号室から510号室まで八床ある。ちなみに504と509は死と苦を意識させるということから欠番だ。いずれも個室で、家族が他の患者に遠慮せずに一緒に過ごすことができる。

ちなみに、この病棟に入院する場合、厚生労働省の定める「緩和ケア病棟入院料」が適用されて、治療の内容にかかわらず医療費は定額制になる。一割負担の患者さんなら一日約五千円、三割負担の人は約一万五千円。高額療養費制度を使えば、七十歳以上は一か月で計五万円前後に抑えられる。また、ここでは差額ベッド代を取っていないから、思ったよりリーズナブルだ。

緩和ケア病棟に今夜の時点で入院している患者さんは七名。このうち、末期癌の患者さんは六名と大勢を占める。

５０１号室の福本英二《ふくもとえいじ》さんは、大腸癌のステージⅣで、少量の下血が生じていた。５０５号室の水原章浩《あきひろ》さんは咽頭癌末期の患者さんで、呼吸状態が悪化している。先ほど妹尾先輩が血糖値測定を指示した５０７号室の佐藤公子《きみこ》さんも、乳癌で脳転移のある患者さんだ。脳の浮腫を取るためにステロイド薬を使用していたが、その副作用で血糖値が上昇してインスリンが開始されていた。みな、この病棟で最期を迎えることになる患者さんたちだ。七人の中で一人、５１０号室の保坂利恵子《りえこ》さんだけは、胃癌がすでに肝臓に転移してステージⅣではあるものの、在宅療養への移行を前提に疼痛コントロールのために入院している。

「さあ、十時を回った。ここからが要注意の時間帯よ」

夜勤のシフトに入るとき、妹尾先輩に言われていた。深夜は周囲が静かになる分、患者さんの気持ちが痛みに集中してしまいやすい、と。就寝時間になったといって必ずしも眠ってくれるわけではない。

眠れない患者さんには看護師がまず対応する。安眠を阻《はば》んでいる要因は何なのか。部屋の温度は適切か、精神的な問題はないか、尿道カテーテルや点滴といった医療処置そのものの不快感はないのか、といったことを確かめ、痛み止めの頓用薬を使うべきか見極めなくてはならない。突発的な発熱や意識レベルの変化などがあれば、すぐ医師に報告する必要がある。もちろん妹尾先輩にも相談できるが、まずは自分でアセスメントすること。初日に受けた緩和ケアのレクチャーを思い返しながら病室を回る。

妹尾先輩と手分けしてすべての患者さんのバイタルチェックを終え、ひと息ついたときだ。廊下から低いうなり声が響いてきた。確かめるまでもない。声の主は503号室の久保田ルミ子さん、七十四歳の大腸癌の患者さんだ。癌は肺にも転移しており、呼吸機能の低下もあるため、鼻から酸素を吸っている。初めての受け持ち患者さんでもあり、とても気になっていた。

妹尾先輩は、聞こえていないかのように記録に集中している。

「ルミ子さん、苦しそうですね」

ペンを止め、私は耐え切れずに口にした。

ルミ子さんは、一般的な痛み止めでは苦痛を取れなくなってきている。癌の痛みを除去するには、より鎮痛効果が強いモルヒネ系の痛み止めを飲む必要があった。この日、私は夜勤の仕事が始まったときから、モルヒネ系の鎮痛薬を飲んではどうかと、ルミ子さん自身に何度も尋ねてきた。けれど彼女は毎回、「いりません」と答えるのだ。

その後、ルミ子さんのいる503号室からナースコールが鳴らされることはなかった。ヘルプを求める声が上がらないのは、それほどの苦痛はないということだろう。私はそう思っていた――いや、思おうとしていた。定められた夜の業務をとにかく片づけてしまうことを優先していたから。そして今、ようやく仕事が一段落したところで、ルミ子さんの声にどうしようもなく注意が向いてしまう。

「モルヒネが出ているんだから、使えばいいのに……」

思いが口をついて出る。妹尾先輩は「そうね」と思案顔になった。

「すごく軽いモルヒネさえ、怖いから飲まないと言うのよ」

その気持ちは分からなくもない。でも、適切に用いれば苦痛が和らぎ、会話する余裕も生まれ、いい時間を持つことができるのだ。医師はちゃんと説明していないのか。

「私、ルミ子さんの様子を見に行ってきます。モルヒネ系鎮痛薬について説明してみます」

妹尾先輩は、「うん。何かあったら呼んでね」とうなずいた。

ナースステーションを飛び出して503号室へ向かう。

海側に面した病棟の大きなガラス窓からは、民家の明かりがまばらに点在するのが見えた。その先には暗い闇が広がるばかりで、体が吸い込まれてしまいそうだ。静かな病棟の廊下には、なおもルミ子さんが喉を絞る声が重く響いていた。

モルヒネと言うから怖くなるのかもしれない。医療用麻薬という言い方にしてみようか。そんなことを考えながら、ドアをノックする。

うなり声が止《や》み、「どうぞ」という声がした。

家族写真などの私物がほとんどなく、殺風景と言えるほどの病室だった。布団の中で、患者さんは両手で下腹部を押さえていた。

「久保田さん、いかがですか?」

あえていつもの調子で尋ねてみた。さりげない方が驚かせないと思ったからだ。

「大丈夫です」

いつもの返事しか得られない。大丈夫なはずがない。苦悶の声を上げている患者さんへの声かけとしては間違っていたようだ。

「ナースコールは押せますか?」

ナースコールのボタンは手元にあるが、力が弱ってくると押せなくなることもある。

「大丈夫です」

同じ答えが返ってきた。

痛みとは主観的なものだ。それを医療者が客観的に評価するためのツールとして、能登さとうみ病院では、「フェイススケール」を使っていた。痛みのない状態の「0」に始まり、軽い痛みの「1」から最も強い痛みの「5」まで、痛みを六段階に分け、それぞれに人の顔のイラストが描かれている。「0」はニッコリ、「1」はちょっと表情が暗くなり、「2」はやや険しい顔、「3」はさらに眉を曇らせ、「4」は口角も下がって重苦しい感じが増し、「5」は涙を流している。患者さんに「あなたの痛みはどれくらいですか?」と質問してイラストを示し、自分の状態に近いものを六つの顔の中から選んでもらう。

夜勤に入った直後、ルミ子さんはイラストの「4」だと伝えてくれた。だが、今の様子を見ると、痛みのレベルは「5」に達しているとしか思えない。

脈拍をチェックしようと手首に触れると、皮膚がじっとりと汗ばんでいた。痛みによる発汗に違いない。

「痛むのは下腹のあたり、ですよね？」

ルミ子さんは右手でお腹の皮膚をつかむように押さえていた。癌が腹腔内で広がり、周囲の神経を巻き込んでいるのだろう。

「……はい」

激痛に耐えている。眉間のしわが強い。なのにルミ子さんが常用している鎮痛薬は、ごく一般的な頭痛や関節痛などに処方されるアセトアミノフェンとロキソニンだけ。薬の量は、いずれも処方が可能な限度いっぱいに達していた。

普通の痛み止めでは抑えられなくなっているのは明らかだった。

次に用いる鎮痛薬として、モルヒネがある。まずは本人が希望したときに飲めるよう、「頓用」という方法でモルヒネの内服薬が処方され、現物はすでにナースステーションに届けられていた。あとはルミ子さんの求めに応じて、看護師がその薬を出すだけだ。痛みを和らげるための態勢は十分に整っており、本人の意思次第だった。

「相当、痛そうですね。軽い医療用麻薬を使ってみませんか？」

「それって、モルヒネですか？」

「そうです。飲み薬で、少量からです。まず試してみてはいかがでしょう？」

すぐには答えは返ってこなかった。迷っているのだろうか。こういうタイミングこそ患者さんを説得するチャンスだ。

患者さんに医療用麻薬を使うケースは、まほろば診療所でも何度となく経験してきた。ただ、医師とペアを組んで患者さんの家を回ることが多かった訪問診療の現場では、その説明役を医師が担っていた。私は仙川先生や白石先生、野呂先生の伝え方を思い出しながら、ルミ子さんに語りかけた。

「モルヒネというと、ちょっと怖い気がしますが、実は医療用麻薬はきちんと量が調整できるようになっていますし、痛みが取れて、副作用もほとんど出ないという状態を目指して使います。それに、気が変わったら中止することもできますよ。一度、試してみてはいかがでしょう？　お試しできるように、先生が最小限の飲み薬を処方してくれていますから」

やや前のめりの説明になってしまったかもしれない。だが、それくらい患者さんの腹部を襲っている苦痛は強く見えた。けれどルミ子さんは、目をぎゅっとつぶったまま首を左右に振った。

「私は、いい……」

なぜなのだろう。一つ考えられるのは、モルヒネで命が短くなると勘違いしていることだ。臨床現場では、モルヒネの投与を始めてから短期間のうちに亡くなる患者さんは少なくない。事情を知らずにいると、「モルヒネを使ったから亡くなった」と誤解するものだ。けれど実際は、亡くなるくらい重症だったからこそモルヒネが必要だったのだが。

「どうしてですか？　モルヒネを使っても命の長さは変わりません。むしろ残された時間を大切にすることができますよ。痛みから解放されて、お食事を楽しんだり、ご家族とお散歩する時間が取れてよかったとおっしゃる方が多いですよ」

しつこいと思ったが、これまでの五日間、先輩看護師から学んだ内容も入れつつ説得してみた。けれど、ルミ子さんは口を固く結び、時折「でも……」とか、「やっぱり自然がいいです」などと言って受け入れない。

今夜はあきらめるしかないかと思ったときだ。ルミ子さんが真剣な目でこちらを見た。

「看護師さん、モルヒネって危険なんですよね？」

探るような表情だった。やはり迷っているのか。

「決して危険ではありません。医師の指示通り少量から開始すれば、ほとんどの方は問題なく使用できています。特に、北島先生はスペシャリストですから」

重ねて質問が来た。

「だって、モルヒネって依存性があるじゃないですか……」

麻薬といえば「中毒」という言葉が出るくらい、多くの患者さんからは恐れられている副作用だ。麻薬中毒から抜け出すために、ひどい離脱症状に苦しむというイメージは、誰もがどこかで見聞きしたことがあるだろう。

「そこは安心してください。先生が痛みに応じて薬を調整しますから、心配されるような依存という状態にはなりません」

特に強い痛みがある場合、麻薬の依存が起こりにくいという基礎研究もある。

「麻薬の副作用について教えてください」

ルミ子さんは聞く耳を持ってくれたようだ。フェーズが変わったのを感じ、慎重に説明を始める。

「一般的には、ほぼ皆さんが便秘を経験されます。ただ、それに対しては下剤をお出ししますから心配いりません。そのほか、吐き気や眠気を感じられる方もいますが、吐き気止めのお薬もありますし、数日で慣れて症状が消えてしまう場合が多いです」

ルミ子さんは眉を寄せた。

「眠気ですか……」

さらに説明を重ねようとすると、「看護師さん、私大丈夫です。やはり強い薬はいりません」と絞り出すように、だがきっぱりと言った。

ノックの音がした。病室の入り口に妹尾先輩が立っていた。隣の病室の患者さんのための点滴トレーを手にしている。

「星野さん。もう、それ以上は……」

妹尾先輩が首を左右に振った。患者さんにモルヒネを強要するな、という意味だ。通りがかりに私とルミ子さんの会話を聞きつけたのだろう。

「久保田さん、ごめんなさいね。星野が言ったのは、そういう選択肢もある、という意味ですからね。決して無理強いはしませんからね」

妹尾先輩の言葉に、ルミ子さんは救われたような表情を見せた。

その夜、ルミ子さんのうなり声は、大きくなったり小さくなったりを繰り返した。私は何度も病室を訪れ、じっとり汗ばむルミ子さんの肩をさすりながら、ただつらかった。緩和ケアのエキスパートがそろう能登さとうみ病院の専門病棟に入院すれば、誰もが苦しみから解放され、心地よく死を迎えられるとばかり思っていた。

次の日もまた次の日も、ルミ子さんが考えを変えることはなかった。毎日を穏やかに過ごす患者さんが集う緩和ケア病棟で、５０３号室からだけは悲痛な苦しみの声が消えず、病室を訪ねるたびに私は陰鬱な気持ちになった。かけがえのない時間を、こんなふうに苦痛にまみれたまま過ごさせてしまっていいのか。患者さんを説得しきれない自分が歯がゆく、本当に無力な存在だと落ち込んだ。


朝、アパートを早めに出るために支度を急ぐ。今日は北島先生の早朝回診の予定だ。週に一度のこの回診では、緩和ケア病棟に入院中の患者さん一人一人の病状を担当医がプレゼンする。すべての患者さんの状態を把握するには貴重な機会でもあった。

回診のスタートは午前七時。通常業務の始まる九時前に済ませるためだ。時間外だから無理に来なくてもいいとは言われた。だが、せっかくのチャンスを逃せるはずがない。

五十代後半の北島先生はアメリカ帰りの緩和ケア専門医で、ここ能登さとうみ病院で緩和ケア病棟を立ち上げた人だという。頼もしいラグビー選手のような体型と雰囲気だった。一文字眉の下では鋭い目がちょっと怖いが、口調は優しい。
今回のエキスパート看護実習の参加に際しては、資料と事前学習用のＤＶＤを渡されていた。
資料の最上部には、「緩和ケア科は、すべての重症患者が対象です」と大きく書かれていた。続いて、「緩和ケア科では、症状や苦痛を和らげ、生活の質の向上を目標とします」とあった。
ＤＶＤに収録されていた北島先生のメッセージには、緩和ケアの哲学が詰まっていた。私はメモ帳を開き、これまでの事前学習で書き記した北島先生の語録に目を落とす。
——苦しませて死なせるのは、緩和ケアとしては失敗
——医療者は、とかく命の延長をゴールにしてしまう習性がある。だが、緩和ケア病棟では、生活の質や機能保持、家族の負担軽減などもゴールになりうる
——緩和ケアのコツは、患者の病状がどのように進むかを予測して、苦痛がないように対応すること
それらの言葉が実際にはどんなふうに実践されているのか、とても興味深かった。
早朝回診では、まず北島先生が一人一人の患者さんの部屋を訪れる。その傍らで担当医の安岡《やすおか》先生が電子カルテを片手に病状や検査結果、治療内容、経過などを報告する。それから北島先生がおもむろに患者さんを診察し、何かひとこと述べる。そして一人の診察が終わるや否や、そばにいた若い看護師が北島先生の手に消毒用アルコールを吹き付ける——という

のが一連の流れだった。

ナースステーションに最も近い501号室から回診がスタートした。この部屋の患者、大腸癌の福本英二さんには、抗癌剤治療を続けながら疼痛緩和も行っている。これまで癌は「治療」か「緩和」か、という白黒つけるような医療がなされていたが、それは時代遅れだ。抗癌剤による治療中であっても緩和医療を併用し、患者さんの症状や病状に応じてその比率を変えるというのが今の常識となっている。

「骨転移だね。疼痛には麻薬だけでなく、別の緩和手段も検討してごらん。放射線は？」

その言葉を聞いた担当医は盲点を突かれてハッとした表情になった。麻薬以外の疼痛緩和には、神経ブロック注射や放射線照射などがある。放射線治療には、癌を治すための「根治照射」と、痛みなどの症状を和らげるための「緩和照射」があり、特に痛みの強い骨転移の癌には緩和照射が期待できるという説明が続いた。

北島先生の回診を見たいスタッフは多く、今日の参加者も研修医や看護師はもとより、緩和ケア科以外の他科の医師もいて、普段は広めな病室が人でいっぱいだ。うっかり病室から出遅れたせいで、続く502号室では患者の今井友紀《ゆき》さんのベッドサイドに近づけず、担当医のプレゼンがよく聞こえなかった。

「すごい人数ですね」

ガッカリして、やはり遠くから首を伸ばす妹尾先輩にそっとささやいた。

「次は、星野さんがあのアルコール係になるといいよ」

妹尾先輩が秘策を教えてくれる。なるほど、北島先生の消毒係としてそばにいられれば特等席にいるようなものだ。

聴き耳を立てると、モルヒネの導入がうまくいった今井さんは、数日前まで苦痛で何もできなかったのに、今では家族と食事を楽しめているという。

胸がざわついた。今井さんのような成功例がある一方で、ルミ子さんにモルヒネを使わないまま放置しているのはどういうことなのか、と。北島先生から医療用麻薬のメリットを説明してもらえば本人も納得するのではないかと、怒りにも似た感情がわいてきた。

次はいよいよ503号室だった。

私は手指消毒用アルコールを持っている看護師のそばに行き、「今回だけお願いします」と消毒係を代わってもらった。

目の前で、安岡先生が北島先生に向かって、ルミ子さんの病状と経過についてプレゼンする。続いて北島先生がルミ子さんの胸に聴診器を当て、腹部に触れる。少し押すと、ルミ子さんは一瞬、痛そうに顔をゆがめた。

「痛みがあるときには、お薬がありますからいつでもおっしゃってくださいね」

北島先生の言葉にルミ子さんはうなずく。あんなに痛がっているのに、どうして今、ルミ子さんは申し出ないのか。歯がゆくて仕方がない。けれど、それ以上に問題なのは疼痛を知っていて放置している医師の方だ。ここ数日間、胸に抱き続けた思いが頭を駆け巡る。

北島先生が手のひらを私に向けた。もうルミ子さんの回診が終わってしまうのか——そう思いながらも、反射的にアルコールをプッシュしてしまう。そのまま先生が病室を出て行こうとしたので、私は声を上げて呼び止めた。

「北島先生！　久保田さんには疼痛緩和ができていません。医療用麻薬はまったく使われておらず、緩和ケア病棟に入院している意味がないのではないでしょうか？」

「誰だね、君は？」

正面から北島先生が見据えてくる。

「金沢市、まほろば診療所から実習生として参加しております看護師の星野麻世と申します」

警戒の表情が一瞬で解かれ、北島先生の顔に冷たい笑みが浮かんだ。

「久保田さん自身はどうお考えですか？」

北島先生はルミ子さんに顔を向け、先ほどとは一転、優しく語りかけるように尋ねた。

医師のストレートな質問に、患者さんは迷いを見せるだろうと思った。

しかしルミ子さんは「麻薬はいりません」と、細い声だがはっきりと答えた。

病室の外に出た北島先生は私を振り返った。

「患者が不要だと言っている。どこが問題なの？　本当の苦痛はどこにあるの？　ちゃんと患者の話を聞いている？」

北島先生にただされ、私は絶句した。正論を言ったつもりだったが、むしろ患者さんの話を聞けていないと落ち度を責められ、愕然《がくぜん》とする。どう答えていいか分からず戸惑っていると、北島先生を先頭に、早朝回診の一団は次の病室へ向かってしまった。取り残されたような気持ちで廊下に立ち尽くす。いつの間にか消毒用アルコールは奪われ、手元から消えていた。

その日の午後、ナースステーションに七十歳ぐらいの男性が現れた。黒っぽい背広を着こなす静かな雰囲気の人だった。面会受付票には久保田俊之《としゆき》と書かれている。「久保田ルミ子さんのご主人です。毎日のようにいらっしゃいますよ」と、病棟の事情通――メガネの医療事務員、栗田《くりた》さんが教えてくれた。

「毎日ですか！」

「ええ、時には一日に二回いらっしゃることも」

ルミ子さんを担当してから一週間になるが、これまで一度も会っていなかったのが不思議だった。

「そういえば星野さんとはすれ違いでしたね。久保田さんは輪島の方なんですが、タクシーの運転手さんで、お客さんのいない時間にちょっとだけ立ち寄って、お菓子やお花、下着類を置いてすぐに帰られることが多いんです」

病棟事務を取り仕切る栗田さんは、誰がどんな情報を必要としているかを素早く察知する能力があるようだ。彼女の言葉で、私はなぜルミ子さんの夫、久保田さんに会えなかったかを瞬時に理解した。

ルミ子さんの病室へ行き、夫の来院を告げる。

「どうぞ」

明るい声が返ってきた。今朝も苦しむ声を漏らしていたのに、そんなことをまったく感じさせない声だった。私も久保田さんと一緒にベッドのそばまで行く。ルミ子さんの穏やかな表情にますます驚いた。今日はあまり痛くないのか、それとも我慢しているのか。

「どうや?」

紙袋を手にした久保田さんが腰を落として尋ねる。

「なーんもだんない」

首を横に振るルミ子さんは、驚くほど安らかな笑顔だ。いつもの様子と全然違う。

「外は寒ないの?」

「寒ないよ」

「お客さんは?」

「ああ、昼までに五人乗っけたわ……これ」

そこまで言って久保田さんは、紙袋から和菓子を取り出した。

「あんたの好きなもなかや。たべまっし」

「あんやと……はよ行きまっし」

やり取りはそれだけ。せっかくの逢瀬を邪魔しては悪いと思ったが、こちらが病室を抜け出る間もない。でも、心が通じ合っていることが痛いほど感じられる夫婦の会話だった。

久保田さんが立ち上がったところで、私は改めて声をかけた。

「……あの、申し遅れましたが私、今月からこちらの病棟でお世話をさせていただいている星野と申します」

「はあ、お世話になってます」

私の方を振り返り、久保田さんはぺこりと頭を下げた。

「帰りますのでよろしく」

そのままの姿勢で部屋を出る。私はあわてて追いかけた。

「あの、奥様は今、それほど痛みを感じていないように見えますけど、夜はうなるほどつらそうです。モルヒネ系の鎮痛薬も出てはいるものの、なぜか奥様はいらないとおっしゃるので使えないのです……」

久保田さんは、「聞いてはおります」と眉間にしわを寄せた。

「ただ、私の口からは何とも……」

治療や処方の話になると、夫の反応はとたんに鈍くなった。

「私の前では苦しむところを見せないでいますが、かわいそうに……。妻は昔から体が弱くて、入院と退院を繰り返してきました。そのたびに、先生や皆さんにすべてをお任せしてきました。今回もどうかよろしくお願いします」

そう言って久保田さんは、また深々と頭を下げた。

医療用麻薬を巡っては、患者さんと家族の間で受け止め方がさまざまだ。

よくあるのは、患者さんは希望するのに、家族が反対するパターンだ。患者さんは苦しみのあまり「とにかくモルヒネでも何でも使ってほしい」と言ってくるが、家族が「できるだけ使わないでほしい」と拒否する。やがて、患者さんがひどく苦しみもだえる姿を見て、家族はようやくモルヒネの使用に同意する。そして、間もなく亡くなる。ギリギリになって使ったせいで、まるでモルヒネの作用で命を失ったかのように感じられてしまう典型的な例で、使うタイミングの遅れによる誤解だ。別の患者さんのケースについて妹尾先輩と話したとき、「苦しいのは患者本人だけ。家族は苦しくないから平気で拒否するのよ」と先輩は珍しく皮肉な口調で嘆いていた。

だが、今回のルミ子さんの場合はそのどちらでもない。患者本人は強く拒否しており、家族はその話題に触れたがらない。本当にこのままでいいのか。

「ご事情は分かります。ただ、お薬の件は奥様ともよく相談していただけませんでしょうか」

「……はあ、分かりました。今日は私、仕事の予約が入ってますんで、これで失礼します」

久保田さんは腕時計に目をやってまた頭を下げた。医療事務の栗田さんによると、久保田さんのタクシー会社は、輪島市に本社があるという。朝市に千枚田、キリコ会館……観光客の増えるこの時期は忙しさが増すのだろう。

「ところで久保田さんは輪島にお住まいなのに、どうして穴水の病院にいらっしゃったんですか？」

ふと気になって尋ねた。輪島市にも立派な病院がある。わざわざ穴水町の病院に来なくても、そちらの方が便利だったのではないかと思ったのだ。穏やかな久保田さんの声が急に鋭くなった。

「私の家は輪島ではなくて、門前《もんぜん》です。曹洞宗総本山のある門前町なんです。今は輪島市に吸収合併されましたが、輪島の病院はなんだか性に合わなくて……」

そうなんですね、失礼しましたと答えて、私は久保田さんを見送った。奥能登の各市町を彩る地元意識はよく分からないが、どうやら余計なことを言ってしまったようだ。

病棟の大きなガラス窓の向こうに見える海は今日も静かだった。大海原に面した輪島と内浦である穴水の海とでは、波の荒々しさだけでもずいぶん異なる。それは、人々がどこでどう生きるかという行動にも影響することなのかもしれない。

夕刻、北島先生がふらりとナースステーションにやって来た。中央にあるミーティングテーブルにどさりとカルテを置き、無言のまま端からチェックを始めた。

一段落したらしいタイミングを見計らい、私は思い切って声をかけた。

「北島先生、今朝ほどは失礼いたしました。早朝回診の際にお話しした久保田ルミ子さんのことですが……」

あのとき失礼な物言いをしてきた看護師だな、という不快の視線を向けられるのを覚悟していた。ところが、太い眉の下の目は限りなく優しかった。

「うん、その後の様子はどう？」

切り出してよかった。北島先生は話を聞いてくれる人だと意を強くする。

「やはりご本人の意思は変わりませんでした。ただ、患者さんのご主人は私たち医療者に処置を任せたいと話していました。本人は、何よりも家族の前で平静を保っていたい性質《たち》のようで、冷静な判断ができているのか疑わしいところがあります」

最後の部分は、やや力を込めて言った。

「そう？　患者と話してくるよ」

北島先生はすぐにナースステーションを出て行った。

「え？　そうなの……」

早朝回診のときは、患者が希望しないならいらないと言っていたのに、説得に行ってくれるというのか。一足遅れて私は後を追いかける。何をどう話すのか、勉強したかった。

北島先生は５０３号室のドアをノックして入るところだった。

ルミ子さんは半分くらい立てたベッドの背にもたれかかり、窓辺に視線を預けていた。

「久保田さん、お具合いかがですか？」

特別、変わった言葉を使うこともなく、北島先生はごく普通に尋ねた。

こちらを向いたルミ子さんは、穏やかな表情をしていた。今の時間は癌の痛みが落ち着いているようだ。

「大丈夫です」

ルミ子さんは軽く頭を下げた。

「そうですか？　看護師から、夜中に痛みがありそうだという報告を受けましたが」

北島先生が突っ込んで問いただす。

ルミ子さんは窓の方を向いた。そこからは穴水の海も運河も眺めることはできない。緑深い峠へと続く道が細長くつながって見えるばかりだ。

少し間があって、ルミ子さんはこちらを見ずに言った。

「今のままで大丈夫です」

もう、それ以上、すすめてくれるなというイラつきが感じられた。

「痛みが強ければ、医療用麻薬もいつでも試せるように準備してあります。ごくごく少量ですから、副作用の心配はまずありません。安心して使ってください」

北島先生は、改めてゆっくりと説明した。

ルミ子さんは一瞬目を閉じて、ふうと笑みを浮かべた。

「いつも気遣っていただいて申し訳ないのですが、モルヒネは使いません」

きっぱりとした口調だった。

黙って聞いていたが、これ以上は私も我慢できなかった。

「久保田さん、このところ食欲が落ちてきていますよね。体重も入院時から一キロ減っています。痛みが楽になることで、食欲が改善することもありますよ。せっかく病院に入院しているのですから、モルヒネ系の薬を試してみてはいかがでしょうか？」

私なりに思い込みの壁を突き崩すつもりで言ってみた。しかし、ルミ子さんは眉をしかめるばかりだった。

「看護師さんも、親身になって考えてくださってありがとうございます」

こちらの善意を分かってくれている。それならば、と言いたかった。

「でもね、私は麻薬が嫌なんです」

ルミ子さんは私と目を合わせてくれない。

「麻薬に頼るなんて、絶対に嫌。人が人でなくなってしまう。あんなもの、この世の中にあっちゃいけないんです。人間がめちゃめちゃになって、家族さえ壊してしまうんですよ。そんなものに、私は絶対に頼らない……」

副作用を極度に恐れていると言うか、まるで憎しみの対象のようだ。

「お体への影響は最小限になるように慎重に処方されますから大丈夫ですよ。ご家族――ご主人と、よく話し合いをしてくださいね」

ルミ子さんは険しい表情で首を横に振り続けている。

「これくらいの痛みならまだ薬はいらない。そう思える間は、このままでいさせてほしいんです。うるさいかもしれませんが、痛みで少し声が出てしまうことくらい許してほしいんです。私はまだうちの人と話がしたい」

そこまで言われれば、引き下がるしかなかった。ルミ子さんの目は、再び窓辺へと向けられる。

「うちの人、今はどの道を走ってるのかしら」

夕暮れが迫る窓外の細長い峠道には、自動車のブレーキランプが並んで見えた。

北島先生とともに503号室を後にした。前を行く先生の表情は分からないけれど、私は打ちひしがれた思いだった。痛くないと思える時間帯はいい。だが、夜になって静かになると癌の痛みは勢いを増す。ルミ子さんは今夜もまた一人苦しみ、私たちはそれをただ見ているしかない——そう想像しながら、この日の勤務を終えた。

翌日も、また次の日も同じだった。朝になって緩和ケア病棟に出勤すると、「ルミ子さんは一晩中苦しそうな声を出していた」という報告を夜勤者たちから受けた。けれど、私が病室を訪ねる時間には痛みが和らいでいる。看護記録の引き継ぎを元に、モルヒネの服用を繰り返し促してみても、返ってくる答えはいつも同じだった。

「ありがとう。でも、私は大丈夫」

素直にその言葉を信じるわけにはいかない。ルミ子さんの手を取り、橈骨《とうこつ》動脈で脈拍を測定するとき、手のひらに爪の食い込んだ痕を見つけるのが常だった。

ルミ子さんに医療用麻薬の服用を説得する方法はないのか？　せめて夜の間だけでも——。

「どうしようもないわよ。患者の気持ちが優先だから」

私の問いに、妹尾先輩はそう言って肩をすくめた。

無力感ばかりが胸の中で大きさを増す。「どうしようもない」という言葉に押しつぶされそうになりながら、私は日々の勤務に追われた。

「悩んでばかりいないで星野さん、少しは息抜きしてみたら？」

その日、勤務が終わるタイミングで、意外なひとことを妹尾先輩にかけられた。思いも寄らぬ言葉に背中を押される気持ちだった。

私は、仙川先生が住んでいるという家を訪れることにした。

教えられた住所をスマホでたどっていくと、病院からさほど遠くない位置にその古い家は見つかった。ここで仙川先生が暮らしているのか。初めて来たのに、どことなく懐かしい気持ちになる。玄関前には盆栽が二つ置かれていた。以前に暮らしていた人の趣味だろうか。

呼び鈴を押すと、年配の女性が出てきた。ヘルパーさんが身の回りの世話をしてくれているとは聞いていた。私は、「ちょっとだけご相談したいことがあって」と上がり込んだ。

「おうおう、麻世ちゃんか。よく来たねえ」

ヘルパーさんに出してもらったお茶をすする。

「どう？　実習は順調？　困っていることはない？」

仙川先生にそんなふうに尋ねられただけで、涙が出そうだった。そうだ、まほろば診療所ではこうしたやり取りを重ねる時間があったから、日々のもやもやを解消できたのだ。

「ええ、おかげさまで」

急速に心が落ち着いてくるのを感じる。やっと訪れた平和な時間に、ネガティブな話などしたくなかった。

「このお菓子、おいしいですね」

仙川先生がすすめてくれた、もらい物だという和菓子は、一つ一つが和紙に包まれていた。中にはサイコロ大の焼き菓子が入っている。口に入れると、優しい甘さを放ちながら、ほろほろとほどけるように溶けた。

「仙川先生は緩和ケア科の北島先生をご存じですよね？」

気がゆるんだ拍子に、ふと言葉が口をついて出た。

「どう思われますか？」

「北島先生？　芯のある穴水の男だよ」

意外だった。優秀とか、厳しいとか、そんな形容がなされると思っていたのに。

「私は、なんだか医療にドライな印象が強すぎて……」

「何があったの？」

久保田ルミ子さんがモルヒネを拒否している件について説明した。

「北島先生ってば、『患者がいいって言ってるんだから、何が問題なのか』なんて言うんですよ。冷たくないですか？　患者さんはあんなに苦しんでいるのに」

仙川先生が真面目な表情になった。

「人生の最後をどうしたいかは、誰が決めること？」

根源的な質問をされて、少し動揺する。

「それは……患者さん自身です」

ニコッと笑って仙川先生はお茶をすすった。

「だよね。だったら患者さんの希望を第一にしよう。医師が勝手に決めたり、家族の言いなりになったりする病院なら、僕は安心して入院できないな」

確かにそうだ、とは思う。でも、痛みを放置するのは医療者としてどうなんだろう。緩和ケアのスタッフの立場としては、モルヒネを使わない選択でいいのかと迷うのだ。患者さんの思いが必ずしも正しいと言えないのではないか。

「麻世ちゃんは、せっかく緩和ケア病棟に入院しているのにって思ってるでしょ？」

こちらの心を見透かされたようで、「思ってますよ。だって、今いる病棟の専門は……」とムキになってしまう。仙川先生が穏やかに目を合わせてきた。

「価値観の押しつけはダメだよ。『緩和医療では痛みを医療用麻薬で抑えるもの』という型にはめてしまってていないか？」

ハッとする。

知らず知らずのうちに、パターナリズムに陥っていたのだろうか。日本語では父権主義と訳されているが、治療方針の決定について、強い立場の医療者が、弱い立場にある患者の「利益になる」と、本人の意思に反して干渉することだ。私もルミ子さんに「良かれ」と思いつつ、薬を無理に押しつけようとしていたのか。

「その患者さんは、薬を使わないことこそ生きる原動力なのかもしれないよ」

仙川先生が重ねて言った。まさかと思ったが、これまでのことを振り返ってみれば、そうなのかもしれない。でも、癌の痛みは我慢しきれないレベルに達しているというのに……。

そのときだ。庭先に出ていたヘルパーさんが突然、大声を上げた。

「徹ちゃん！　ようやく花が咲いたわね！　ここのは、きれいねえ～」

窓から外を見ると、燃えるような赤い花を前にして女性がほほ笑んでいる。あれはそう、能登半島の各地に植えられているキリシマツツジだ。

にしてもヘルパーさんというより、まるで友だちのような言葉遣いだった。

「先生、あの方は？」

驚いて仙川先生を見る。

「ああ、あの人はね、松浦羽子《まつうらはねこ》さん。本業は生活支援のヘルパーだけど、僕の小学校時代の同級生なんだよ。この町は生まれ故郷だもん、昔からの友だちは大勢いるさ。はは」

仙川先生の照れ笑いをよそに、古きご学友の声はにぎやかさを増していった。

「この木はねえ、年がら年中、心を込めて手入れせんといかんのよ。秋から冬に雪吊りと雪囲い、年が明けたら肥やしをやって、夏は水やりと小枝取りね……。それでぇ、花の魅せ時はたったの一週間から十日くらい。でもね、『思いの丈に花は咲く』言うてね、お世話する側の苦労と喜びは、まあ一緒なんよ……」

仙川先生はそのおしゃべりを笑顔で聞いている。いつも以上にリラックスした雰囲気だ。まほろば診療所で仕事をしていたころに自宅でくつろぐ仙川先生の姿など見たことはなかった。オンとオフで、人はこんなにも違うものなのか。

次の日の朝に開かれたカンファレンスでのことだった。

「最後に皆さん、503号室、久保田ルミ子さんのケア方針について確認事項とお願いがあります」

各病室の患者さんの容態に関する報告が一巡したところで、北島先生が切り出した。

「ご承知の通り、患者は大腸癌が浸潤したことによる癌性疼痛で、下腹部周辺の痛みが顕著です。入院時にモルヒネ服用を第一選択肢として提案しました。ところが、本人は医療用麻薬に対して強い拒否をされ、処方してあるものの内服できていません。疼痛は特に夜間帯に強くなる傾向が見られ、たびたびスタッフの手が取られます。かといって、夜はマンツーマンでのケアは困難で、対応に苦慮しているのが現状です」

対応に苦慮――まさにそうだった。昨晩も夜勤スタッフが病室をのぞくと、ルミ子さんは額に汗をびっしりと浮かべ、苦悶の表情で押し殺したような声を上げていたという。

「さまざまにアプローチを続けましたが、患者本人の強い拒絶は覆しがたいという結論に至り、医療用麻薬の服薬の説得はいったん中止しております。次に我々がすべきは――」

北島先生がA4判の資料を取り出した。

「あらゆる手立てを尽くす形で、改めて患者のケアに当たる態勢をお願いしたい」

その資料は「503号室・久保田ルミ子さんの個別疼痛ケアについて」と題され、五つの項目が立てられていた。

1　鎮痛補助薬の活用
2　非薬物療法の活用
3　習慣の修正
4　環境の調整
5　家族の力の活用

「まず1については、医療用麻薬以外の薬剤処方を進めます。たとえばステロイド薬は副作用も出やすいので食欲不振や呼吸困難時になってから使用しようと考えていましたが、今回は早めに導入し、抗不安薬なども併用します」

北島先生の説明が一区切りしたところで、市村師長が手を挙げた。

「看護の方でも、2はアロマテラピーやマッサージ、足浴などを試したいと考えています。3は、入浴で少し痛みが和らぐ様子がありましたので、入浴回数を増やすことも検討します。4ですが、風に当たると気持ちよさそうにしておられるので、夜に扇風機を使ってみるようにします」

残るは5、家族の力の活用か――。私は市村師長の話を聞きながら、ルミ子さんが「うちの人とは、病気の話はあまりしないから」と口にしていたのを思い出す。

ん？　そもそもルミ子さんの家族って、夫の久保田さん一人だけ？

念のため卓上に置かれた患者情報ファイルに手を伸ばして開いてみたが、家族欄に書かれているのは夫の俊之という名前のみだ。別世帯の親族がいるという記載もない。いやしかし、ルミ子さんはあのとき……。

「5については、ご主人が病院にいてくれる時間がもう少し長くなるといいのですが。あと、ペットの同伴も可能なので、ご自宅で飼っていないかどうか尋ねてみます。ほかに考えられる手立てとしては……」

師長の話は続き、カンファレンスはまだ終わりそうにない。私は一人、居ても立ってもいられなくなっていた。

次の日、私は手配したタクシーに乗り、門前町に向かっていた。ルミ子さんが暮らしていた自宅を訪れるために。ハンドルを握るのは、ルミ子さんのご主人だ。

「病棟での毎日の暮らしを快適にするため、何かお気に入りの品をご自宅から持ってきませんか？　お花とか香水とかアクセサリーとか、思い出の絵とか」

私は、カンファレンスで話題になった「非薬物療法の活用」や「環境の調整」がもたらす効果について簡単に説明したうえで、ルミ子さんと久保田さんにそんな提案をした。

「そうねえ、家には何があったかしら。もう、いろいろ忘れちゃって……」

ルミ子さんは首をかしげ、久保田さんも腕組みをして「私にはさっぱり見当が……」と、宙を見上げるばかりだった。

「もしよかったら、私にお手伝いさせてください」

何でもいい。ご主人と一緒に楽しめそうな品を見繕い、一切合切、全部持ってきてみる。不要なら、また持って帰ればいいだけのことだ、と思った。ルミ子さんは、「星野さんならいいわ。お願いします」と、許してくれた。

久保田家は、門前町に入ってすぐの場所にある二階建ての一軒家だった。玄関前にはバラが植えられており、小さな黄色い花をつけていた。そして、庭には赤い花をつけたツツジが見えた。仙川先生の所で見たツツジだ。

「キリシマツツジですね！」

久保田さんは、うれしそうに笑った。

「なかなかの咲きっぷりでしょ。妻が好きなんです。しょっちゅう手入れをしていました。さあ、散らかしていますが、中へどうぞ」

促されて家の中へ入る。思った以上に整理されている。広い玄関の先には、使いやすそうな台所があった。きれいに片づいた居間が二つ、中央のふすまを外せば大広間になる造りだ。

「ルミ子は手芸が趣味でして。リボンフラワーっていうのを作っていたなあ」

ぜひ作品を見せてほしいとお願いするが、居間には見当たらなかった。

「ああ、みんな二階の物置き部屋に押し込んでしまったかなあ」

あちこちを探した末に久保田さんはそう言い、「ちょっと私、上の部屋を見てきますんで、看護師さんはここで待っていてください」と階段を上って行った。

厚手のカーテンが閉まっていたせいか、室内は薄暗かった。少しかび臭さも感じられる。

そのときだ。二階で物音がした。続いて久保田さんの叫び声が聞こえる。

「大丈夫ですか！」

私は急いで階段を駆け上がった。廊下の突き当たり、二部屋あるうちの奥の部屋の前で、呆然と立ち尽くす久保田さんの姿があった。いくつもの大きな白い破片が手作り風の花束とともに床に散乱していた。

「花瓶が、花瓶が……」

よく見ると、それらの破片は陶器やガラスではなかった。

「いやいや、大声を出してすみません。リボンフラワーの花瓶を抱えたら、いきなりぐしゃりと崩れてしまったんで、びっくりして……」

花瓶として使っていたプラスチック製の容器が、経年劣化でボロボロになったようだ。幸い、けがはなさそうだ。

「何事もなくてよかったです」

二人して廊下を片づけ、ルミ子さんお手製というリボンフラワーを手に階段を下りようとした。すると、階段の手前にある部屋の扉が少し開いているのに気がついた。何気なく目を向けると、ギターと野球のバットが見える。壁にはミュージシャンや映画のポスターが一面に貼られており、子ども部屋のようだ。やっぱり——。

「息子さんがいらっしゃるのですね」

あまりぶしつけにならないよう、できるだけ自然な形で口にする。

「ええ……いました」

乾いた声が返ってきた。過去形ということは、やはり亡くなったのか。

――久保田ルミ子さんの、ご家族？　確か、ご夫婦には息子さんがいたようだけど、亡くなられたみたい。いいえ、詳しくは私も知らないわ――。

昨日の夕方、帰り支度をしていた医療事務の栗田さんを直撃して聞き出した情報だ。事情通の栗田さんの言った通りだった。

久保田さんの表情がこわばり、苦しみを押し殺しているかのように見えた。

「おつらいことを聞いてしまったようで、申し訳ありません。でも、奥様にとっても大切なことだと思うので、もう少しだけ息子さんのことを教えていただけませんか」

居心地の悪さを感じながらも、尋ねてみる。

「いや、これは人様にお聞かせするような話ではないんです。その辺はまあ、勘弁してくれませんか」

久保田さんの口は重かった。

「お話の中に、奥様の痛みを軽くできるヒントがあるかもしれません」

家族の力の活用――という思いから久保田さんに訴える。

「変なうわさ話になってしまうと、何かと困りますので……」

「その点はご心配ありません。私を信じてください。奥様のためです」

私は力を込め、久保田さんの目を見据えた。

「……では、下で」

一階の居間に腰を落ち着け、久保田さんは小さくため息をついた。

「生きていれば、来年で五十歳というところですか。ずいぶん昔の話です」

久保田家の子どもの話が静かに語られ始めた。

「息子は広大《こうだい》っていうんです。こんな小さな所に生まれたけれど、大きな男になってほしくて。広大はギターがうまいだけでなくて、いろんな詩を書いて歌ったり、音楽が好きな子でした。私たちは趣味程度かと思っていたのですが、あるとき、ギタリストになると言って高校を勝手に中退して東京に行ってしまったんです。もう、驚きました。せめて高校を出ろと説得しても無駄でした」

久保田さんは少しうつむき、唇をかんだ。思いがけない展開になりそうだ。

「広大が変わったのは、地元に戻ってバンド活動を始めてからでした。音楽の世界ではなかなか認めてもらえない日が続き、悪い人間と知り合ってしまったのか、もっと何かつらいことでもあったのか。男にしては、優しすぎるくらいでしたから」

そこで久保田さんは大きくため息をついた。嫌な予感がして、身構えながら次の言葉を待った。しばらくして、久保田さんはやっと言葉を継いでくれた。

「クスリです。警察から連絡を受けて輪島の病院に行ったときには、すでに広大は亡くなっていました」

「え！」

思わず手で口を押さえる。うっすらと想像していたものの、それを超える重い事実だった。

「薬物を過剰摂取した末に意識も戻らず、そのまま……」

事故だったのか、あるいは自殺だったのだろうか。

「実は一度、薬物中毒で警察の世話になったことがあったのですが、未成年でしたし、保護観察処分で済んだのです。そのときは二度とクスリに手を出さないと約束させました。でも、それからしばらくして表情がどんどん暗くなり、『練習の邪魔をするな』『自分に才能がないのは親のせいだ』などと言ってくるようになり、ルミ子はげっそりと痩せていきました。そのうち広大は口もきいてくれなくなって。妻は息子を愛していましたし、本当に苦しんでいました。変わっていく息子をどうすればよかったのか、今でも私には分かりません。本当に、私たちは一体何を間違ったのでしょう……」

首を左右に振りながら、久保田さんはすがるように私を見た。

「だから奥様は……」

「はい。妻は、麻薬を憎んでいます。息子のことを言わなかったのは、前に入院した輪島の病院で事件を知られて陰口をたたかれたりもしたので……」

それは言わなくて当然だろうという気持ちにもなる。

門前町から穴水町の病院に戻り、私は久保田さんのタクシーを先に飛び降りた。五階の緩和ケア病棟に駆け上がり、北島先生を探す。とにかくルミ子さんの自宅で聞いたことについて報告しなければと思っていた。先生は、ちょうどナースステーションで薬の処方中だった。

「北島先生、至急、ご報告したいことがあるのですが」

北島先生の脇に立ち、前置きもなく声をかけた。

「ちょっと今、取り込み中なんだけど……」

うるさそうにチラリと目を向けた北島先生は、私の顔を見てギョッとした様子で手を止めた。

「な、何？」

心の叫びが伝わったのかもしれない。

「503号室、久保田ルミ子さんのことです」

北島先生はうなずくと、私に座るよう促した。

「ご自宅に行ってきました」

私は、久保田さんから聞いた話をした。息子さんの件があったため、ルミ子さんは「麻薬」という言葉に過敏に反応するようになったことまでを一気に伝える。

「ルミ子さんは、世の中に麻薬さえなければと、薬物をひどく憎んでいたらしいです」

「そうだったのか……」

北島先生は天井を見上げ、絞り出すような声で言った。

久保田さんが病棟の受付前に姿を現したのはそのタイミングだった。両手に大きな紙袋を提げている。袋の中には、門前町のご自宅から持参した数々の品が入っていた。

北島先生がすっくと立ち上がり、タクシーの制帽をかぶったままの来訪者に深く頭を下げた。

「聞きました——大変な思いをされたのですね、ご夫妻ともに」

久保田さんは小さく首を振る。

「いえいえ。看護師さんには話し過ぎてしまって……」

そう言いながらも、久保田さんの表情はすがすがしかった。

「無理に、とは申しません。でも、よろしければ奥様のお見舞い、今日は私と星野もご一緒させていただけませんでしょうか」

再びていねいに北島先生が頭を下げる。久保田さんは意を決したような表情になると、

「構いません、どうぞ」とうなずき、病室へ向かった。

503号室のベッドの上でルミ子さんは脂汗をかいていた。

「具合はぁ、どう？」

この日もまた腰を落とし、夫は妻に尋ねた。ただ、すぐには返事がない。

「ルミ子、痛いがけ？」

久保田さんがルミ子さんの肩をさすった。

「痛ないって。みんな、そろうてどうしたが？」

「あのな、ルミ子。広大のことを話したげん」

ルミ子さんの口元がみるみるゆがむ。

「なんで。なんでよ、お父さん……」

「ルミ子、もう痩せ我慢はやみまっしま。北島先生の出いてくださる薬をな、今日から飲ませてもらわんか」

いつもと違う夫の言葉に、ルミ子さんは驚きの表情を見せた。

「あんた、何言うとるが。あの子は、悪いクスリに手ぇ出いたばっかりに」

目を大きく見開き、夫を見つめた。

「なあ、広大はよ。心底、苦しかったがやぞ。苦しんで苦しんで……。ならよ、お前もおんなじことになったらいかん」

「そやさかい、うちは……」

震えるルミ子さんの両手を、久保田さんはしっかりとつかむ。

「あの子もつらかったんだ。将来のことやら何やらでさんざん悩んで苦しんだあの子なら、母親が病気で苦しむ姿なんて見たいとは思うとらんよ」

そう言って久保田さんは、手提げ袋の中から一枚の写真を取り出した。木製フレームの中では、ずいぶんと若き日のルミ子さんが、どこかの病院の病室で横になっている。結婚当初から病気がちで、何度か入院生活を余儀なくされたというルミ子さん。その傍らに、まだ髪の毛が黒々としている久保田さん、それに、二人に顔立ちがよく似た学生服の青年――広大さんが、ともに笑顔で寄り添っている一枚だった。門前町のご自宅で古いアルバムの中にあったのを見つけ、「これをルミ子さんの病室に飾りましょう」と写真立てに入れ直して持参したのだった。

「あいつを愛しいて思うがなら、かわいそうやて思うがなら、お前が苦しんどるとこを見せたらいかんやろ」

その言葉を聞いたルミ子さんは、はらはらと涙を落とした。

顔を覆ったまま、時間が過ぎていったが、北島先生は辛抱強く待っていた。ルミ子さんが、ふと顔を上げた。

「使ってみます、先生」

「そうだね」

聞いたことのないほど穏やかな北島先生の声だった。そして、私に向かって「持ってきて」と言った。

「医療用麻薬を使う、ということですか？」

あまりにも急な展開だったので、私は思わずルミ子さんに再確認する。

「はい」

ルミ子さんは、はっきりとそう答えた。

すぐにナースステーションの鍵付き保管庫にあるルミ子さん用のモルヒネ一回分を取り出し、水を入れた紙コップとともに病室に戻った。

ルミ子さんはためらうこともなく飲んだ。

十五分後に回診したとき、ルミ子さんの脂汗は消え、静かに寝息を立てていた。

「ずいぶん楽になったようです」

そばにいた久保田さんが、心から安堵したような表情を見せた。

翌日、私は朝一番にルミ子さんの部屋を訪れた。ナースステーションで受けた申し送りによると、ルミ子さんは就寝前にもモルヒネを内服し、夜間を通して苦痛の声が聞こえることはなかったという。

「久しぶりによく眠れました」

ルミ子さんは、穏やかな笑顔で言った。

窓辺に飾られたキリシマツツジの一枝が、鮮やかな赤い色を見せていた。ご自宅の庭先に咲いていたものを、久保田さんと相談した末に持ち込んだのだ。ルミ子さんは、息を飲むようにして眺めている。

「東京から戻った息子の髪は真っ赤で、こんな色だったんですよ。ね、変よねえ……」

そう言ってルミ子さんは、サイドテーブルに置いた家族三人の写真に目をやった。私は立ち上がり、ルミ子さんの視線を追いかけながら病室内を見回す。何冊ものアルバム、昔手に取ったという愛読書、それにルミ子さんが丹誠込めたリボンフラワーの数々。503号室は、この部屋の主にとって居心地の良い空間に生まれ変わりつつあった。

私は無性にうれしかった。まずは報告のために医局を訪ねる。

「北島先生、久保田ルミ子さんが落ち着かれました。本当にありがとうございました」

深々と頭を下げる。

「To cure sometimes, to relieve often, to comfort always…」

北島先生が呪文のような言葉をつぶやいた。

「『治すこと—時々、和らげること—しばしば、慰めること—いつも』。緩和ケアの本質を言い当てた名言だよ。病気そのものを治せればいいが、できるのは時々だ。しかし、治癒させられなくても、痛みを取ることは、しばしばできる。そして、患者さんが快適になるように努めることは、いつでもできる。苦しむ人を何とかしたい、という気持ちがこの病棟では何よりも大切だ。そして君は、その気持ちを胸に、患者さんの家からさまざまな宝物を持ち帰ってくれた。礼を言うのはこちらの方さ」

驚いた。北島先生が、初めてあたたかい言葉をかけてくれた。

「ただ、これからの数日間は気を抜けないな」

北島先生は一転して唇をかみ、苦悩の表情を浮かべた。

三日後の夜、ルミ子さんの血圧が急速に下がった。唇は紫色になって酸素飽和度が測定できなくなっている。酸素マスクをつけるも、なかなか数値は上がらない。少し状態がよくなっても九〇パーセントがやっとというギリギリの状態だった。しかもルミ子さんは無意識に酸素マスクを外してしまい、そのたびに酸素飽和度が一気に低下した。

モルヒネを開始して一週間後、私の当直の晩にルミ子さんは亡くなった。午後十時過ぎ、とても静かな最期だった。臨終に立ち合った北島先生や私たち看護師は503号室を離れ、見守っていた久保田さんとルミ子さんをしばらく二人きりにする。

５０３号室のナースコールが押された。お別れの時間を終えたというメッセージだ。

「星野さん、ありがとうございました。最期は穏やかで本当によかったです」

そう言って久保田さんは頭を下げてくれた。意外とも言えるほど晴れやかな表情だった。

「実は昨日一日、ルミ子がよく笑ったんですよ。しかもシュークリームを食べたり、たくさんしゃべったりしてくれて」

不思議なのだが、亡くなる前日、急に食べられるようになったり、話したりする患者さんたちは少なからずいるものだ。燃え尽きる直前の線香花火が明るさを増すように、ルミ子さんも、命の火を最後に燃やしたのだろうか。

「息子、広大は小さいころ、シュークリームが大好きでしてね。喜ぶ顔を見たくて、穴水にある洋菓子店でよく買ったものです。あのころ、お父さんは広大のヒーローだったわねってルミ子が悔しそうに言うんです。車の助手席に座らせて、運転を教えてやったりもね。ルミ子は『お母さん大好き』っていう広大の声をまだ覚えていると言っていましたよ。幼稚園に迎えに行くと『もっと早く来て。早く会いたいから』って。『病気のお母さんを励ますために歌う』とギターを始めた広大の気持ちは、本当だったと思います。私たちの広大は、そういう子でした」

久保田さんは、一瞬、声を詰まらせた。

「だから妻は、息子を奪った麻薬を心の底から憎んでいました」

しばらくルミ子さんを見つめると、久保田さんは改まった声を出した。

「そんな妻の気持ちを尊重してくださいまして、ありがとうございました。気持ちを分かっていただいたからこそ、最後はモルヒネを受け入れたのだと思います。よかったです。おといなんかは、穏やかな表情で『私は大丈夫だから安心して。あなたの方は大丈夫？　しっかりしてね』なんて言っていました。人の心配なんか……してる場合じゃ、ないのに」

最後は言葉にならないほどの涙声だった。

「星野さんには、本当にお世話になりました」

ルミ子さんの手をさすっていた久保田さんは、ふと「そうだ、そう言えば」とつぶやいた。

「今回入院するときにお世話になった地域医療連携室の先生が、先日ふらりとやって来られて、私たちに言ってくれたんです。『こちらの担当の、星野麻世は信頼できる看護師だから、どうか安心して何もかも任せてやってください』って」

「え？　どなたが？」

「ご年配のお医者さんで、確か、名前は……」

「まさか、仙川、徹？」

「そうそう、仙川先生。その言葉を信じたから、星野さんを門前の拙宅にお連れする決心もついたんです。ありがとうございました」

「仙川先生が、そんなことを……。そうでしたか」

私はうれしく、誇らしかった。その気持ちをかみしめながら、ルミ子さんのエンゼルケアを行う。きれいになったルミ子さんを見て、久保田さんは「いい顔だ。心も体も楽になって、広大の所に行けてよかったな」と声をかけ、また涙を拭った。

深夜十一時半、医療スタッフに「お世話になりました」と頭を下げると、久保田さんは弱々しい足取りでご遺体の搬送車に乗り込んだ。その後ろ姿は、気の毒なくらい意気消沈して見えた。

第二章　海女《あま》のお日様

六月を迎えたというのに、能登はまだ肌寒い。今日も朝霧が立ち込め、息が白く見えているのではないかと錯覚するほどだ。

知らぬ間に深さを増した緑が頭上を覆い、私たちを飲み込もうとしていた。初めてだけれど懐かしく感じる古い民家や石畳……。道の奥には一体何があるのだろう。久保田さんにそう尋ねたくなる気持ちを抑えて、なおも歩みを進める。同じ思いは何度となく胸の中を巡り、言葉にしないことでかえってそれがまた楽しい。

「いい所でしょ？　穴水が誇る散策路・さとりの道。この先の眺めが最高なんですよ」

少し先の石段の上で久保田さんが振り向いた。こんなときでもタクシー会社の制帽をきちんとかぶっている。

「はい、とっても」

町の中心部の東側に位置する中居《なかい》の集落。江戸時代に鋳物製造で栄えた地で、古道には波の静かな中居湾を見下ろすように九の社寺が立ち並ぶという。

「私もね、久しぶりなんです……。ルミ子と一緒に歩いたのは何年前だったか」

しんみりとした声だった。しかし、遠くを見やる目の下には、穏やかな笑みが広がっている。よかった、久保田さんに案内役をお願いして。その表情を見られただけでも、私は心の底からそう思える。

先日、私はふとした思いから久保田さんに観光ガイドを依頼した。最愛のルミ子さんを亡くした久保田さんに、悲嘆《グリーフ》ケアをしてあげたい——などという大げさな思いを抱いたわけではない。ただ、初めて暮らす町で初めて親しくなった患者さんとの別れを、一緒にかみしめたいと感じたのだ。

「こちらのお寺が、お不動様をまつった明王院《みょうおういん》。花の寺としても知られています」

古いお寺だった。久保田さんの言葉通り、道の脇に見事なアジサイが連なっている。彩りの濃い紫や藍色の花に続いて、赤い花が現れる。同じ土地なのに、どうして色が混在するのか不思議だ。

さらに進んでいく。青白い花々の群生が一角に出現し、ぎょっとした。今朝も見た、いつものあの夢を思い出させる色だった。

「——看護師さん、娘を助けてください！」

病室の外から叫ぶ家族。女子高校生の患者の顔色がみるみる青白くなる。その日は救急医がなかなか来なかった。

救急隊員から心臓マッサージを代わる。医師は来ない。汗が目に入ってくる。腕が重い。もう、動かない。でも押さなきゃ！

ようやく自動体外式除細動器《AED》が届き、患者の胸に装着する。電気ショックを与える。患者の体が跳ね上がる。祈るような気持ちで心電図を見る。まだ心臓は正常な拍動に戻らない。すぐに心臓マッサージを再開する。

「助けて！　お願いです！　お願いします！」

家族の泣き叫ぶ声が聞こえてくる。もう一度、電気ショックを与える。再び患者の体が跳ね上がる。だが、心電図は戻らない。さらに心臓マッサージを続ける。

跳ね上がるたびに患者の髪は乱れる。それでも命のためにやるしかない。

押さなきゃ。押さなきゃ。押さなきゃ。

やっと医師が来たけれど、患者は助からなかった。

患者の母親が娘に取りすがって泣き、そしてこちらに向かって叫ぶのだ。

「どうして、最後に娘の手を握らせてくれなかったんですか！　鬼！」

全身の力が抜けそうになったところで目が覚める。今朝も同じだった。

私が看護師になってすぐ、大学病院で勤務をしていたときのことが、なぜか夢に繰り返し出てくる。

多くの患者さんが電気ショックで治療される現場は何度も見てきた。

心室細動――心臓のポンプ機能が失われ、命に関わる不整脈だ。一般的には心肺蘇生による処置が行われる。特に若ければ、救命一択だ。あのときの女子高生も、校内のマラソン大会で十キロを走りきり、ゴールした直後に倒れたという。心臓マッサージを受けながら救急搬送されてきたときには、呼びかけに応じなくなっていた。

心臓に一時的な電気ショックを与えて心拍を正常なリズムに戻すAEDは、倒れた直後に使用できていれば、比較的若い患者さんや、それまで普通に生活していた患者さんの命を救えるケースが多い。テレビドラマのように。だが、その機会を逸して搬送されてきた患者さんの場合は、救命率が極端に下がる。

彼女の場合も、救急車が到着するまで心臓マッサージもAEDも行われていなかった。

病院での蘇生処置は、静脈や心臓へ何度となく行うアドレナリン注射、電気ショックに次ぐ電気ショック、延々と続く心臓マッサージが一般的だ。場合によっては開胸して直接心臓をつかんでのマッサージがなされることもある。医療者であっても、すさまじいと感じるほどだ。そのため大学病院の救急救命室では、家族を引き離して処置が行われる。そして、不幸にして患者さんが亡くなった場合には、救命処置で乱れた体をある程度きれいに整えてからやっと家族に対面してもらうことになる。

では、末期癌など別の重い病気を持った患者さんや高齢の患者さんにも同じ対応をするのか？

答えはノーだ。生命活動を終えようとしている人は、電気ショックや心臓マッサージをしても助からない。そうした患者さんの心臓を襲うトラブルは、死のプロセスをたどる中で発生する不整脈なのだから。患者さんを継続して診ている医師や看護師であれば、心肺蘇生が意味をなさないタイミングの見極めがつく。その判断がなされたとき、医療処置よりも患者さんと家族との間でお別れの時間を取ることが優先される。これは、まほろば診療所で勤務するようになって、私自身も学んだことだった。

あのときの女子高生と母親の夢をよく見るのは、ご家族とのお別れの時間を作れなかった、という後ろめたさをいつもどこかで感じているからかもしれない。どうにかして命を救いたい若い患者さんであり、その処置のためには仕方がなかったのだとは思いつつも、耳の奥に残る母親の号泣と悲痛な声がよみがえる。

「星野さん、もう少しです。牡蠣棚の浮かぶ入り江が見えてきますよ」

久保田さんの声で、過去から現実へ引き戻された。そうだ、私は今、さとりの道を上っているのだ。澄み切った空気に顔をなでられ、周囲の静けさを改めて感じた。

「星野さんはアワビ、好きか？」

506号室の中村照枝《なかむらてるえ》さんは、いつもニコニコとして尋ねてくる。

「好きです。大好き！」

そう答えると、照枝さんは誇らしげにうなずく。見た目は元気な顔つきだが、子宮体癌のステージⅣ、癌細胞が全身の臓器に転移した末期の状態だった。

子宮をゴム風船にたとえると、空気を入れる口の部分を子宮頸部、袋の部分を子宮体部と呼ぶ。胎児が育つのは子宮体部だ。子宮癌は部位によって、子宮頸癌と子宮体癌の二つに分かれる。このうち子宮体癌は、ホルモンの均衡が崩れる五十歳前後の女性に多く、発症のピークを迎える。不正出血で発見されることが多く、治療は手術が中心で、放射線や抗癌剤治療を追加することもある。十年生存率は初期なら九〇パーセント以上あるが、末期のステージⅣになると一七パーセントにとどまる。そして照枝さんの場合、手術も放射線も抗癌剤も、すでに手遅れの段階だった。

「人はね、みんなお日様の力で生きとるがやぞ」

照枝さんのいつもの話だ。

能登の海は太陽の光にあふれている。日の光を浴びて海藻が育ち、その海藻を食べてアワビが大きくなる。同じ生態のサザエも、植物性プランクトンが餌になる牡蠣も、それらのすべてを体に取り込む雑食性のカニも、命の根っこに日光がある。だから、海の幸を食する人間はお日様の力で生かされている、ということになるのだという。

「そうですよね、お日様の力って偉大ですよね」

何度も繰り返し聞かされた話だが、嫌ではない。照枝さんのおむつを交換したり、背中を拭いたりしながら、その体は八十三歳とは思えないほど引き締まっているなあと感心する。

照枝さんは現役を引退したばかりの海女さんだ。体当たりの素潜り漁で大海原に挑む伝統の仕事。能登半島で海女さんとしてやっていくには、「心臓が強い」「肺活量が大きい」「視力が良い」が必須条件だと聞かされた。輪島市の海士町《あままち》などには、若い十代から照枝さんのような超ベテランまで約百三十人の海女さんがいるという。

処方されている医療用麻薬のパッチ剤を照枝さんの背中の右に貼る。背中の左に貼られた古いパッチをはがし、薬局に戻すためのケースに入れる。確かに麻薬を患者さんに使った、という証拠品として。

疼痛緩和のための麻薬の効き方はさまざまだ。必ずしも同じ量で同じ効果が出るわけではない。ごくわずかな量で痛みが消え、食欲が出たり外出できたりする患者さんがいる一方で、なかなか苦痛が除けず、うつらうつらと眠るほど大量の麻薬を使って、やっと苦しみから解放される人もいる。患者さんの状態に応じて、麻薬の量や種類はコントロールされる。

照枝さんの場合、入院時は癌が背骨や腹膜に転移したことによる痛みが強かった。背骨の痛みには放射線治療が行われ、お腹の痛みには抗炎症薬が開始されていたが、効果は限定的で不十分だった。

入院後、すぐにモルヒネ経口剤を飲み始めた。同時に吐き気や便秘予防の薬も処方された。幸いなことに薬を増やしていっても眠くなることはなく、数日後にはさらに強い医療用麻薬フェンタニルの貼り薬へと順調に変更できた。今は一日中、鎮痛効果が得られて痛みを感じない状態が維持できている。

必要かつ十分な量の医療用麻薬が使われているおかげで、痛みが増したときに追加するレスキューのモルヒネ経口剤はほとんど使用されることなく経過していた。現在は吐き気もほとんどなく、便通も良好だ。

北島先生による医療用麻薬の調整は、量もタイミングも的確で、お見事としか言いようがなかった。

「輪島の海女はぁ、アワビがようけとれた日のことを、『しあわせのいい日』って言うんよ」

入院から十日を経て、それまで悩まされ続けていた痛みから解放された照枝さんは、とても穏やかな表情になり、よくおしゃべりをするようになった。

506号室は、海を真正面に望む好位置にある。

そんな病室で語られるのは、海女として働いていた時代の話だ。母親もそのまた母親も海女として海に潜り、父親たちは山辺の畑へ出たという照枝さんの一家。戦時中の生まれで家は貧しかったものの、海に潜るのは子どものころから大好きだったという。

「大人があんまり行かんポイントでうんと深《ふこ》うまで潜ってぇ、サザエをようけ獲ったときは、父ちゃんに小遣いをいっぱいもらったなあ」

当時を思い出したのか、大きな声で笑う。

中学を出て、そのままプロの海女になってからも漁への思いは同じだった。

「海女の仕事って、宝探しみたいなんよ」

海の底には大小さまざまな起伏があり、どこにお宝があるのかを探し当てるのが楽しいと目を細めた。山の上でぐるぐる旋回する鷹のような気分で泳ぎ、海底の様子を上から探る。そして狙いを定めると、目標に向かって垂直に潜行してつかみ取ってくるのだという。

照枝さんの言う宝物とは、アワビやサザエをはじめ、ワカメや昆布、それに寒天やトコロテンの原料になるテングサに似たエゴだ。これらの獲物を求めて、ウェットスーツと水中眼鏡だけを身に着けて水深十数メートルの海底を目指す。

「暗い海の底って、怖くないですか？」

照枝さんの足の爪を切りながら、私はそんなふうに聞いてみた。

「おとろしいことなんて、ないわいね。だって……」と言って照枝さんは、どれほど深い海底へ潜ったとしてもお日様の光を感じるからと話す。

これがいつもの照枝さんの話、「人はね、みんなお日様の力で生きとるがやぞ」につながってくるのだ。

「それにさ、うちの体は不死身になったさかい」と言い、照枝さんはけらけらと笑った。

不死身――一体どういうことなのかと思った。

ケアに一区切りがついたところでナースステーションに戻り、照枝さんのカルテを見直してみた。

「これだ」

五年前、照枝さんは致死性の不整脈に対処する目的で、「植え込み型除細動器《ＩＣＤ》」を胸に入れる手術を受けていた。カルテに添付された説明文書によると、胸骨の上方部分の皮下に、ジッポーライターほどの大きさの医療機器が埋め込まれている。

つまり、照枝さんの心臓には超小型のＡＥＤが入っているようなものだ。突然の不整脈に襲われて心臓が止まりそうになったら、体内のＩＣＤが自動的に電気ショックを起こし、正常な心拍に戻す仕組みだ。

「不死身の海女さんか……」

死に至る末期癌でありながら、照枝さんはほほ笑みを絶やすことがない。緩和ケア病棟に降り注ぐ明るい太陽の光を受け、いつも安心しきった表情を浮かべていた。

「中村照枝の家族です。このたびは大変お世話になりまして」

その日の午後、照枝さんの長男夫婦がお見舞いに来た。二人はまずナースステーションに立ち寄って大きな菓子折りを差し出し、私たちが恐縮するほど長い時間にわたって頭を下げた。

「何やお前たち、仕事は大丈夫なのけ？」

ちょうどそこへ、車いすに乗ってレントゲン検査へ案内される照枝さんが通りかかった。

「おふくろ、こっちの心配はいいよ。店の方も大丈夫、大丈夫」

母親の背中に向けて、息子の純一《じゅんいち》さんは大げさに手を振る。

「口を開けば仕事、仕事って。うちのお義母《かあ》さん、ホント、よく働く人なんです」

純一さんの妻、沙保里《さおり》さんだ。照枝さんと同じように人なつっこい笑顔で話し始めた。血がつながっていないのに、どこか雰囲気が似ていた。

「お義母さん、毎年、七月から九月は舳倉島《へぐらじま》で素潜り漁をしてました。子どものころから始めて、ついこの間まで潜っていたんですよ。潜れない時期も島から戻らないで、死んだお義父《とう》さんと一緒に岩のりを採ったり干物を作ったり……」

舳倉島は、輪島市の沖合約五十キロに位置する小島だ。輪島港から毎日漁船で通う海女さんもいれば、島に半ば定住してしまう海女さんもいる——これもまた、照枝さんに教えてもらった知識だった。

「私たち夫婦は、縁あって穴水《こっち》で店を開いたもので、ここ何年かは母に会えるのは正月くらいでした。なあ」

純一さんが傍らの沙保里さんに同意を求めるように言う。

「なのにお義母さん、五年前にＩＣＤの手術をしたあとも、引退しないで海女を続けるって言い張って。もう夫も私も、『止められない』ってあきらめてました。それが先月、珍しく穴水まで遊びに来てくれたとき、不正出血があることをぽろっと口にしたんです。『月ののが来たんかな』なんて冗談を言うくらい本人は無頓着でしたけど、私が無理やり受診させたら、癌の末期だなんて……」

そこで沙保里さんは肩を震わせた。

「母は、あとどのくらいでしょうか？」

短い沈黙のあと、純一さんがくぐもった声で尋ねてきた。それについては医師から説明した方がいい。先生はどう答えるのだろう。落ち着かない気持ちのまま、私は北島先生を呼びに行った。

「……お待たせしました」

ナースステーションのテーブルに着き、照枝さんのカルテと最新のデータに改めて目を通したうえで北島先生は静かに口を開く。

「残念ですが、ひと月は持たないでしょう」

沙保里さんは、ワッと顔を覆った。

「人間ドックとかをすすめておけばよかった。お義母さん、自分は海の仕事で鍛えてきたから体には自信がある。心臓にも特別な手術をしたので、めったなことでは死なない、と言ってたんです。なんで末期癌になるまで気づいてあげられなかったのか。自分に腹が立ちます」

「私は、そうは思いません」

北島先生が静かに言った。

「それがご本人のご意思であり、生き方であったのですから、仕方ありません。それに、たとえ数か月早く病気が分かったとしても、結果は変わらなかったでしょう」

沙保里さんをまっすぐに見据え、諭すような口調で北島先生は続ける。

「しかし、ご家族のお気持ちはよく分かります。お母様に最後の日々を穏やかにお過ごしいただけるよう、私たち一同、全力で支えさせていただきます」

先生の言葉に、純一さんと沙保里さんは無言で手を重ね合った。

その日、照枝さんは検査室からなかなか戻らなかった。506号室で帰りを待ちながら、沙保里さんは持参した着替えをキャビネットに収めていく。私は病室のリネン類を交換するとともに、午後の服薬の準備を進めていた。

「看護師さん、私ね、お義母さんのことが大好きなんですよ」

ふと目が合ったとき、沙保里さんはうれしそうに話し始めた。

沙保里さんの実家は能登町の旧家で、不動産業を営んでいたという。実の母親は多忙で、家の中のことまで手が回らず、幼いころの沙保里さんは年齢の離れた弟の育児を手伝わされた。やがて地元の高校に上がると、今度は同居する祖父母の介護も押し付けられた。

「私なら家出するかも」

そう言うと、沙保里さんはクスクスと笑った。

「文句を言わなかった、と言うより、文句が思いつかなかったんです。家族だから、それが普通だと思っていて。それに、お手伝いさえすれば母に優しくしてもらえたから」

母親に認めてもらうため、祖父母の下の世話までする――そんな毎日だったようだ。

「高校生で？　時間的にもキツかったでしょ」

見た目は若く見えるが、沙保里さんの年齢は四十代後半といったところだろう。なのに私たちは、いつしか友だちのような口のきき方をしていた。

「もちろん、キツかった。でも、自分のことは後回し。あのころは母が喜ぶこと以上に価値のあることはないと思っていて。それが二十歳《はたち》を過ぎたとき、身代《しんだい》は弟にすべて譲るからお前は見合いをして家を出ろと言われてね」

母親のために尽くした結果、得られたのは愛情ではなく、感謝の言葉ですらなく、自分は愛されていないという薄ら寒い現実だったというのか。今で言うなら児童虐待に近いものがある。私が言葉を失っていると、沙保里さんはさらに続けた。

「純一さんとのお見合いの席で、私、本当に驚いたんです。中村のお義母さん、何て言ったと思います？」

またもクスクス笑いが響く。

「『うちは海で働き、夫は山の畑に立ってきた。あんたは何をして生きていくが？』って。私に、どう生きたいかと尋ねてくれた人なんて初めてだったから感激しました。この人の娘になれるのかと思うとうれしくて、すぐに結婚を決めました。あ、もちろん夫もあたたかい人柄で、嘘がない人でしたし」

沙保里さんは肩をすくめて笑った。

二人は結婚して能登町を離れ、穴水の道の駅の近くで自然食材を使った洋菓子店をオープンしたという。

「娘と息子を授かりました。とにかく平等に愛情を注ぐことに心を配りました。それと、生まれてきてくれてうれしいと何度も伝えました。私自身が最も求めていたことでしたから。あとは仕事や育児で行き詰まったら、何でも義母に相談しました。こうしていられるのは、義母のおかげなんです」

何てすてきな母娘《ははこ》なのだろう、と思った。

「照枝さんも、沙保里さんのような義娘《むすめ》を持てて幸せですね」

沙保里さんは切なそうに身をよじった。

「私はまだまだお義母さんに甘えていたかった。せっかく幸せを見つけたと思っていたのに、お別れしなければならないなんて……」

しっかり者に見えた沙保里さんは、子どものように泣きじゃくった。それにしても、患者さんの検査が終わるのを待つ時間が、こんなにも貴重に感じられたことはなかった。


その数日後、照枝さんの病室からにぎやかな声が聞こえた。

「海女さんの仕事仲間らしいわよ」

妹尾先輩がそっと耳打ちしてくれる。

何を話しているのかははっきりしないものの、時々、大きな笑い声が廊下にまで響いてきた。しばらくして三時のおやつを持って行ったとき、面会者たちはいなくなっていた。

「楽しそうでしたね」

いつも明るい照枝さんだったが、今日はさらに晴れ晴れとしているように見えた。

照枝さんは「うるさかったやろ。ごめんなさい」と手を合わせた。いえいえと首を振る。

「なんせ、みんな年寄りで耳が遠いさかいね」

若いころから、ずっと一緒に海の仕事をしてきた仲間たちだそうだ。すると、年齢も同じくらいだろう。照枝さんによると、輪島の海女さんの平均年齢は六十歳を超えているという。

海の中ではすいすい泳いで仕事ができても、陸《おか》に上がると足や腰の痛みを訴える人もいて、体力の限界を理由に引退を考えている仲間も少なくないということだ。

「私の体もおんなじようなものながね。働き者やてずっと言われてきたし、自分でもそうやて思うとったけど、ほんなことでない、仕事が楽しいさかい続けられたのや」

窓の外に目をやり、照枝さんは口を結んだ。

その通りだ――と思った。大学病院での勤務に疲れ果て、私はまほろば診療所に移った。まほろばには、仙川先生がいて、白石先生や野呂っちがいて。だから楽しいし、だから働き続けてこられた。

「星野さん」

視線を窓外へ向けたまま、ふいに照枝さんが言った。

「あんたにお願いがあるんやけど」

「はい、何でも言ってください」

「もう一度な、海と山を見に行きたい」


その日は快晴に恵まれた。

「こっちの海はぁ、まあ、がんこ静かなもんだねえ」

タクシーを降りて、車いすに移乗した照枝さんは、感心した様子で声を上げる。

「外海と内海の違いですね。輪島港から舳倉島の海でお仕事をされたお客様には、物足りない風景かもしれませんが……」

湖のように波が穏やかな入り江に沿った、さとりの道の小さな集落。いつものようにきちんと制帽をかぶった久保田さんが、白い手袋の指先で中居湾を指さしている。木々の緑と黒い瓦のこの地区が、かつて鋳物づくりで栄えた土地であること、その歴史は千四百年前にさかのぼること、などを説明してくれる。

「この先を少し行けば、入り江を挟んで立山連峰も望めますよ」

久保田さんに促され、沙保里さんは照枝さんの車いすを押す。

「いい眺めね」

二人は、日の光を浴びながらゆっくりと高台に向かっていた。

数日前、「海と山を見たい」という照枝さんのリクエストを伝えたところ、北島先生をはじめとする病棟のスタッフ全員はとても喜んだ。痛みのコントロールがしっかりできているからこそ、そういった希望を抱くことができるのだ。

能登さとうみ病院の緩和ケア病棟では、院内庭園の散歩はもとより、町なかでの買い物、一時帰宅や外泊も患者さんの希望であれば原則として認められる。早速、看護師や理学療法士らが集まり、外出方法の検討がなされた。

照枝さんは、脊椎に癌が転移してもろくなっている。万が一、転倒して圧迫骨折を起こすと、脊椎神経を障害して両下肢が麻痺してしまう可能性があった。筋力が低下して歩行がやや不安定であるから、移動には車いすか介助者のサポートが欠かせない。いくつかの外出や散策アイディアをご家族と相談した結果、〈家族と看護師の同行の下、観光タクシーで穴水の名所を巡る〉というプランに決まった。

「お義母さん、ここからは私の背中に乗って。ほら、遠慮しないで。私、こう見えても筋肉質なんですよ」

広々とした青い海を見渡す絶好のポイントへ至る直前、沙保里さんが照枝さんに声をかけた。患者さんにも介助者にも負担が大きくないコースを選んだものの、さとりの道の石畳を、すべて車いすで上るのは少々無理があった。

「ほなら、頼むわ」

そう言って照枝さんは、車いすの前にしゃがみ込んだ沙保里さんの両肩に手をかける。照枝さんの小さな体がお尻から支え上げられ、義娘の背中にひょいと乗り移った。まるで親孝行のドラマでも観ているような、ほほ笑ましい風景だった。

「疲れたらいつでも車いすに戻ってくださいね」

無人となった車いすを押しながら、私は声をかける。沙保里さんが無理をして転びでもすれば、大変なことになる。

「はーい、ありがとうございまーす」

どこか弾んだ声が返ってきた。義母を背負う沙保里さんは思ったよりも健脚で、私は遅れないよう石畳を急ぐ。

まぶしい日差しの下、旧道の脇に咲くアジサイは盛りをとうに過ぎていた。無理もない。前回、久保田さんとここに来てから二週間近くがたっていた。あのときは満開だったアジサイだが、今やほとんどの花は枯れ、茶色がかった葉と茎の上で悲しく干し固まっていた。

花と花の前で二人はしばし立ち止まり、話をしている。

「お義母さん、本当にありがとね。長い間、子ができんときも、親戚中を敵に回してかばってくれて。私はお義母さんに守られてここまで生きてこれたのよ」

二人のやり取りが漏れ聞こえてきた。照枝さんはアジサイを指し、沙保里さんに切々と何かを説明していた。

山鳥の鳴く声が頭上に響いた。

「皆さーん、そろそろ車に戻りましょうか」

久保田さんの元気な声が緑の下でこだました。

順調な日がいつまでも続いてほしいと心の底から願っていた。けれど、そうはいかない。

翌日の夜半から、照枝さんは体調不良を訴えるようになった。痛みそのものが増したわけではない。顕著だったのは「息苦しさ」と「吐き気」だった。

「もしかして、外出が影響したのでしょうか……」

朝のカンファレンスで、私は気持ちが沈むのを抑えられなかった。

「それを言っても仕方がない。何もせずにベッドの上にいればいい、ということになってしまうからね。患者が充実した時間を過ごせたことを悔やむ必要はない。それよりも、何か新しい問題の発生を見落としていないか、考えてみよう」

北島先生によると、末期癌の患者さんで呼吸困難を経験する例は最大七〇パーセント、吐き気すなわち悪心《おしん》に悩まされる患者さんは最大六八パーセントにのぼるとする研究データがあるという。

「先生のおっしゃる通り。星野さん、緩和ケア病棟で患者さんが直面するのは、体の痛みだけじゃない。腹水、嘔吐、便秘、譫妄《せんもう》、抑鬱、不眠、不安、倦怠感、食欲不振……私たちはこれらすべての『つらさ』と向き合い、一つ一つの問題を解決する方法を絶えず考えていかなければならないのよ」

妹尾先輩の言葉にも目を開かされる。

癌に伴う「痛み」ばかりでなく、さまざまな「つらさ」をどう和らげるか——。緩和ケアの難しさを思い知らされる。

「呼吸困難は一刻も早く対処しよう。酸素飽和度は？」

まず検討しなければならないのは、照枝さんを襲った「息苦しさ」だった。

「ルームエアーで九四パーセント取れています」

測定したばかりの値を答える。

「呼吸不全と呼吸困難感を分けて考えよう。呼吸不全というのは、実際に酸素が足りなくて息苦しい場合だ。普段の値はどうなっていた？」

過去の測定値をさかのぼって報告する。

「九六から九七パーセントです」

「わずかだが数値の低下が見られるね。

現状では若干の呼吸不全を伴っていると見るべきだ。ひとまず酸素投与を〇・五リットルから開始しよう。この処置をしても息苦しさを訴えるなら、呼吸困難感として治療する。そのときは、抗不安薬の頓服が著効する場合もあるから処方を検討する。あとは悪心か……。星野さん、患者のバイタル表を見せて」

バイタル表とは、患者さんの体温や脈、血圧、酸素飽和度、食事量や排泄、就寝状況などをグラフや表にまとめたものだ。そこには治療との関係がひと目で分かるよう、医療用麻薬の量についても記載がある。

データの推移を北島先生と一緒にたどった。医療用麻薬の量が増えるに連れて、照枝さんの吐き気が悪化している。医療用麻薬の副作用だとしか思えなかった。

「制吐剤を再開してはいかがでしょうか?」

照枝さんは入院直後、医療用麻薬が導入されたタイミングで、制吐剤のメトクロプラミドやオランザピンを処方された。その後、一週間ほどで薬に慣れたため、制吐剤は不要となっている。

だが、北島先生は首をひねった。

「制吐剤を使うのはいいが、原因を突き止めないと」

厳しい表情で北島先生は再びバイタル表をチェックし直す。データの記入は看護師が行っている。照枝さんの受け持ちを言い渡されている身としては、記載ミスや漏れがなかったかどうか先生の手元を見て緊張した。

「ふむ。患者を診てくる」

不意に立ち上がると、北島先生は５０６号室に向かった。私もすぐさま北島先生を追いかける。

突然開始された北島先生の回診に、照枝さんは少々驚いた様子だった。苦しそうに何回も息を吐きながら、「よろしゅうお願いします」と頭を下げてくる。

照枝さんの胸から腹へと聴診器がていねいに当てられた。続いて北島先生は左手を腹部に乗せて、それを右指でたたいた。子どもの遊ぶ太鼓のような音がした。

「お通じ、出てるの？」

北島先生に尋ねられ、私は「はい」と答える。持参したバイタル表を示し、便通の欄が毎日〈あり〉となっていることを示した。北島先生はまたも首をひねる。

「レントゲンを撮ろう」

ただちに放射線技師へオーダーを出し、腹部のレントゲンが撮影された。

ナースステーションにある共用のパソコンで検査データのフォルダにアクセスし、照枝さんの最新のレントゲン画像を呼び出す。

「あっ……」

レントゲンには、便が充満して拡張した腸管がはっきりと写っていた。完全な便秘状態だ。どうしてだろう。毎日、ちゃんと排便できていたのに。

「毎日排便があっても、量が少しだけ、という場合もあるからね。ほら、三日前のレントゲンと比べると、明らかに悪化している」

三日前に行ったレントゲン検査は、足のしびれが出現し、子宮体癌の脊椎転移に伴う圧迫骨折の有無を見るためのものだった。このとき一緒に写っていた腸管は、今ほど便やガスで膨れ上がってはいなかった。

「どうやら患者さんの吐き気は、便秘が原因の可能性があるね」

便秘！　そんな基本的なことだったとは。

緩和ケアでは、嘔吐・悪心の鑑別として便秘の有無を忘れてはならない——これは鉄則だと、妹尾先輩から何度も言われていたのに。

「すみません！」

恥ずかしかった。トイレの前で患者さんを待ちながら、「出たげん」と言われたのをそのまま信じて排便の項目に〈あり〉と記載していた。それが十分な量とは限らないのに、観察を怠った。「そんなもの、人には見せられない」と照枝さんが嫌がったのだ。でも、それはやはり言い訳だ。患者さんの気持ちを尊重して、人としての尊厳を守ったつもりになっていたが、結果的には吐き気や体調不良に至らしめ、患者さん自身を苦しめてしまったではないか。

「次回からは必ず確認します」

早速、照枝さんの部屋に行き、これまでに判明したところを順序立てて説明する。

「ごめんね、照枝さん。だからこの先は、どうしてもお通じを見せてもらわないといけないのよ」

照枝さんは、「分かった、分かった」とうなずいた。

「あんたに迷惑かかっとったんやね。知らんかった。ごめんよ」

思わず照枝さんの肩を抱きしめた。そんなふうに気遣ってもらって、申し訳ない気持ちにもなる。

「ううん。私が悪いの。照枝さんが嫌なことは、私もしたくなかった。でも、かえってつらい思いをさせちゃって、ごめんなさい」

「いい子やじー、いい子やじー」

顔全体をくしゃくしゃにして笑い、照枝さんは何度もうなずいた。

昼前、北島先生が新たに処方した下剤を、照枝さんの部屋へ届けた。白湯《さゆ》とともに飲んでもらい、お腹にハッカの湿布をした。５０６号室の隅々にまで、甘くて冷たいハッカのいい香りが漂う。

「こんなの効くのかなって思うでしょ。でも、意外に効くんですよ」

照枝さんは吐くものをすべて吐き出してしまったせいなのか、気分が少し治まっていた。

しばらくしてハッカの湿布を取り替えに行く。古い湿布をはがし、新しい物を貼る前に、お腹のマッサージをさせてもらうことにした。

「『の』の字でマッサージするといいんです」

ゆっくりと痛くない程度に圧力をかけながら、大腸を刺激するようにたどっていく。

「のの字、のの字」

声に出して繰り返し唱える。照枝さんも同じように「のの字、のの字」とついてきてくれた。

うまく腸の蠕動《ぜんどう》運動が起きてくれますように、と二人して祈りながら。

「いい気分や。あんやと、あんやと」

照枝さんは、いつの間にか眠っていた。

翌朝、驚くほど、どっさりと収穫が得られた。吐き気もすっかり消えている。

「星野さん、あんたの手はゴッドハンドやじー。あんやと」

感心しきりの照枝さんに、私は右手をヒラリと上げて頭をペコリと下げる。

「そんなふうにおっしゃっていただいて光栄です！」

今日の５０６号室は、いつにも増して日の光にあふれているように見えた。

呼吸困難感は抗不安薬が見事に効果を発揮した。疼痛コントロールも相変わらず良好で、照枝さんはとても穏やかな時間を過ごせている。

「どっこも痛ない、なんも苦しくない。星野さんのおかげやじー。あんやと、あんやと」

照枝さんは、私の顔を見るたびにそう言ってくれる。決して私一人の手柄ではなく、緩和ケアチーム全体による治療やケアの成果によるもので、どこか気恥ずかしい。同時に、チームの一員として誇らしく、やりがいを感じるのも事実だった。

照枝さんの意識レベルが急速に下がり始めたのは、その八日後のことだった。緩和ケア病棟への入院から四週間が経過していた。

照枝さんは終日眠ったように閉眼している。たまに目が開いているときもあるが、視線が合わない。会話もできなくなっていた。

子宮からの出血量が増え、貧血が進行している。コントロールできていたはずの痛みが強まったのか、顔は苦痛でゆがんでいた。すでに医療用麻薬はかなりの量に達していたが、さらに増量された。北島先生からは、あと数日で死を迎えるだろうという見立てが示された。

患者さんを見送る準備をするのは、つらく悲しい。末期癌の患者さんがほとんどで、死亡退院の比率が八割を占める緩和ケア病棟でもそれは同じことだ。

しかも、照枝さんとのお別れに際しては、もう一つ検討しなければならない問題があった。それは、照枝さんの心臓部に埋め込んであるＩＣＤをどうするか、についてだった。ＩＣＤは死の直前に現れる不整脈にも反応してしまう。だが、そこで起こる機器の動きは、もはや「誤反応」であって患者のためにならず、苦痛の時間を引き延ばすだけだ——北島先生はそう主張した。

「ＩＣＤを止めるということですか？」

朝のカンファレンスの席上、北島先生の説明を聞いて私は大きな声を発していた。

いくら死が避けられないところまで来ていると言っても、まだ命があるうちにＩＣＤを停止させるのは正しいことなのか。照枝さんは「ＩＣＤがあるから自分は不死身だ」と喜んでいたではないか。それを動かなくさせるのは、本人の希望とは異なるのではないか。

「ちょっと待ってください、北島先生！」

「星野君、この件で君の意見は言わなくていい。聞かなくても分かるから時間の無駄だ」

太い眉の下で、北島先生の冷たく細い目がこちらをにらみつけている。

「患者の体の中にあるＩＣＤ――植え込み型除細動器をどうするかは、私がご家族と話し合って決める」


日勤の帰り、もしやと思って「ハーバー亭」に行ってみた。病院の前を走る国道を渡ってすぐの所にある中華料理店だ。「病院顧問のほら、仙川先生ね。なんかあの店がお気に召したみたいで、もう三、四回は見かけたよ」と妹尾先輩に教えられていた。

私にとっては初めての店だった。扉を開けると厨房が見え、七分袖の白衣に小判帽子をかぶった店主が大きな鉄鍋でチャーハンを調理する音が聞こえてきた。長いカウンター席のほか、マンガ本の棚に面したテーブル席もある。昔ながらの町中華と表現するのがぴったりの店内は、そこそこ混んでいた。

思った通り、仙川先生がカウンターの一番奥に席を取り、ラーメンを食べている。その隣へ滑り込むように、そっと座った。

仙川先生はラーメンに夢中でこっちを見ようともしない。

「ハイ、お客さん、何にしましょう？」

愛想よく店主が笑いかけてくる。

メニューを手に取りかけたものの、最初から決めていたしょうゆラーメンを注文した。

「え？　メニューを見ないで決めちゃっていいの？」

思わず噴き出す。

「いいんです。全部おいしいって聞いて来ましたから」

その声で仙川先生が気づいてくれた。

「あれ、麻世ちゃん？　何でここにいるって分かったの？」

仙川先生は驚いたのか、ちょっと顔が赤かった。

「分かりますよ。何年、先生と仕事してきたと思っているんですか」

「どうして来たの？　ＩＣＤの話？」

仙川先生に尋ねられ、今度は私の頬が熱くなる。

「どうして分かるんですか？」

「一緒に仕事して何年だっけ」と仙川先生がニヤッとした。

「医局で話題になってるよ。北島vs星野のバトル……ってね」

茶化されても構わない。ＩＣＤの件とズバリ言ってもらい、話がしやすくなった。

「いくら意識レベルが低い状態の患者さんだとしても、体に植え込まれているＩＣＤを止めるというのはどうなんでしょう？　わずかではあっても、死までの時間を短くしてしまうような怖さを感じるのですが……」

仙川先生が水をごくりと飲み干した。今日はビールの気分ではないようだ。

「そこが終末期医療の難しさの一つなんだよ」

メニューを眺めていた仙川先生は、何も注文しないでそのメニューをテーブルに戻す。

「問題は患者の家族だな。救命治療と延命治療の違いを混同しやすいから」

救命治療は、元の姿に回復させるための医療処置だ。外傷や心筋梗塞で突然倒れ、救急車で運ばれて来た患者さんに行われる心臓マッサージや人工呼吸器などの治療で、これは一般にもイメージがしやすい。

一方で延命治療は、もう亡くなると分かっている人に行う医療処置のこと。たとえば老衰や癌の末期で命を終えようとしている患者さんに、心臓マッサージをしたり、呼吸器をつけたりすることだ。

「となると、その患者さんのＩＣＤはどちらに入る？」

「タイミングによるということなんですか？　先週までは『救命治療のために必要な装置』だったのに、今日からは違う、と」

「まさにそうなんだよ、麻世ちゃん」

仙川先生は、大きくうなずいた。

「同じ医療であっても、患者さんの状態によって『救命治療』が『延命治療』に変わりうる。毎日患者さんの様子を観察していると、いくら治療をしても、もう、限界だという分岐点が分かるでしょ？　そこを境に、ペースメーカーも人工呼吸器も、そしてＩＣＤも、患者さんに苦痛を与えるだけの医療になってしまう」

確かに、局面が転換する、そういう時期がある。

ある一線を越えると、治療がかえって患者さんを苦しめてしまう。栄養の問題もそうだ。「体にはこれだけの水分が必要だから」と点滴を施しても、現実にはその水分を体が処理しきれず、痰を増やして息苦しくさせたり、全身をむくませたりしてしまう。口から食べられなくなった患者さんに高カロリーの点滴をすることで体に負担がかかり、肝機能が悪くなってしまう例もしばしば経験した。

「亡くなっていく人を支える医療は、それまでの医療と違っていいと僕は考えている。それぞれの患者さんごとに、その人が苦痛なく死を迎えるための医療を具体的に見極めなければならない」

仙川先生の話は照枝さんのＩＣＤにとどまらず、広い視点からのものだった。死にゆく人をいかにうまく支えるか、という医療の新しい考え方を示されたようにも感じた。

けれど、医療者ではない沙保里さんと純一さんに、この考えを理解してもらえるだろうか？　看護師の自分ですら迷いがある。ましてや、患者本人や家族にその見極めを求めるのは酷ではないのか。

「患者さんやご家族に、ＩＣＤを中止した方が苦痛が少ないと説明するのは簡単ではありません。延命治療であろうが何であろうが、命が続く限り治療を継続してほしいと願う家族の思いも分かりますし……」

仙川先生はギューッと顔をしかめた。

「延命治療を受けている患者さんで、時々こーんな顔をしている人がいるでしょ」

確かに、家族の強い希望で延命治療を受けるに至った患者さんは、決して快適そうな様子でないことが多い。

「たとえ延命治療が苦しいものであっても、その苦しさに耐えながら生きてほしい――。そんなふうに家族が望むのは、本当に患者のことを考えているのかな？　患者さんの側からすれば、『こんな苦しい治療を勝手に選ばないでくれ』って思っているような気がしてならない。まるで医療という名の虐待だし、暴力だよ。咲和子先生も言ってたでしょ」

仙川先生の話は、まほろばの時間へ流れていった。

金沢のバーＳＴＡＴＩＯＮの薄暗がりの中で、白石咲和子先生が私や野呂っちを前にしみじみと言った言葉がよみがえる。確か、「生き物は必ず死を迎えるの。そして、死ぬ前には少しずつ体の働きを止めていくのよ」といった内容だ。

それはつまり、死ぬ前に消化吸収機能が落ち、合成機能が落ち、尿を作る力も落ちることを意味する。さらに免疫の力や血液を作り出す能力も下がり、心臓や脳さえも機能しなくなっていく。だから、低栄養や浮腫、貧血、発熱が生じるのは自然な死の経過を見ているに過ぎないのだと納得したものだ。人体という神秘的な機械が動きを止める。その過程を支える医療に私が目覚めたのは、確かにあのときだった。

「咲和子先生が言ったように、死への変化を無視して、『治さなければ』と無理な治療をすれば、人生の最後に苦しい時間を過ごさせてしまいかねないよね」

仙川先生の言葉が心の深いところへしみ込んでくる。毎日の看護や医療の範疇を超えた、いのちに関する哲学のような話だった。

「僕だったら、最期は桃源郷に遊ぶように、楽にふわっと送ってもらいたいな。麻世ちゃん、北島先生に言っといてね」

「やだあ先生、縁起でもない」

仙川先生の長い話は、冗談で終わった。

最後に仙川先生は漬物セットを頼み、ポリポリいい音を立てながらお茶とともに食べていく。店主によると、いい夏野菜が出回り始めたという。

仙川先生は「うーん、うまい」と、感に堪えかねたようにうなった。

「とにかく僕はね、うまい物を食べて死にたいな。麻世ちゃんは？」

私は――何だろう。今は仕事が大好きだ。患者さんにいいケアができたときが一番うれしい。ケアをしながら死んでもいいとすら思っている。恥ずかしいから口にはできないけれど。

ハーバー亭を訪れた初めての夜は、妙な方向に話が転がった。

「仙川先生、こんばんは」

背後から声がした。振り返ると、なんと能登さとうみ病院の院長、大山健太郎先生と緩和ケア科の安岡先生が立っている。

「あれれ？　いつからいたの？」

仙川先生のとぼけた声に、大山院長が苦笑する。

「三十分ほど前からですよ。安岡先生と向こうのテーブル席に。今日の栄えある当直は安岡先生なので」

当直医の夕食は出前が一般的だった。だが、電話を受けて五分以内に戻れる場所であれば、病院の近くの店で食事を取ることが許されている。院長は時々病棟に現れ、その日の当直の先生をご飯に誘うのだ。

以前、院長との食事は窮屈じゃないかと安岡先生に尋ねたことがあった。だが、彼は「ぜんぜん」と首を左右に振った。食事中、院長は一切、仕事のことを話さないそうだ。

当直勤務に戻る安岡先生を送り出すと、院長はビールを注文してカウンター席に腰を据えた。

「星野さん、町には慣れましたか?」

院内で見るときとは違い、院長はニコニコしながら顔をのぞき込んでくる。

「はい、おかげさまで。さとりの道やボラ待ちやぐらを見に行ったり、商店街の手作りケーキの店へ行ったりして、リフレッシュもさせてもらっています!」

「そうかそうか、若い人はいいねえ」

確か六十少し手前くらいの院長は目を細めた。

「でも、北島先生のお考えについていくのが大変で……」

つい、仕事の話をしてしまった。

「彼のことをね、人間的にはどうかなって思ってるみたいなんですよ。麻世ちゃんは」

仙川先生が変なことを言うので、「そこまでじゃありません！」と訂正を入れておく。

院長はちょっと真面目な顔になった。

「自分は医師になろうと思ったことはない、最初から緩和ケア医になるつもりだった――以前に一度だけ、北島君が話してくれましてね」

少し驚く。それほど突き詰めた思いで、北島先生は緩和ケアを専門に選んでいたとは知らなかった。

「妹さんがいたんですよ、北島君には」

大山院長によると、北島先生の妹さんは、幼少期に左足の骨肉腫が原因で亡くなったという。死の一週間前、妹さんが「がんばれなくてごめんなさい。病気に負けてごめんなさい」と言うのを聞き、北島先生は激しく後悔したらしい。

妹は何も悪くなかった。病気になったことも、それで死ぬことも、膝の痛みがあったことも、抗癌剤の副作用で吐き気があったことも、何もかも妹のせいではない。自分は妹に、「がんばらなくていい」と言ってやるべきだった――と。

「そのとき北島君は、緩和ケア医になることを心に決めたらしいですよ」

北島先生にそんな過去があり、今の姿につながっていたのか。

当時、骨肉腫の治療は今ほど進歩しておらず、発症から三年、妹さんは小学校の卒業式を間近に控えた春の日に亡くなった。北島先生は当時、十五歳の中学三年生だったという。

「北島君は自分の理想についても語ってくれました。心の痛みを感じる人にはどこまでも寄り添い、体の痛みを抱える人にはできうる限りそれを取り除く緩和ケア医でありたい、とね」

そうだったのか。だから久保田ルミ子さんには、患者さん本人が精神的な苦痛を強く感じる医療用麻薬の使用を控えた一方、中村照枝さんには、死に際してＩＣＤがもたらすであろう肉体の苦痛を除去することを最優先にしようとする……。北島先生の過去の悲しみと理想への思いは、診療現場で判断が難しいケアのハンドリングに直結していた。

「死んだ妹の件は、今も悔やんでいます。そして病棟では今も、毎日の診療に悩んでいます――そんなふうに言って、北島君は長い間うつむいていましたよ。星野さん、あなたが今座っているカウンターのその席で。彼が緩和ケア病棟を始めたころでした」

大山院長はビールのグラスを手にほほ笑んだ。

北島先生に反発してしまったことを少し反省した。まだまだ自分には見えていないことが多いようだ。

「ところで星野さんはまだ独身でしたっけ。安岡先生なんてどう？　来年四十になるんだけど、真面目でいい男ですよ」

またか。どうして中年の男性は独身女性を見るとすぐに結婚の話をしてくるのだろう。今、何よりも大切にしている仕事の深い部分に思いを巡らせていたところなのに。スマートな雰囲気の院長も、せっかくのイメージが台無しだ。

ただ、この場の空気を凍らせても居心地が悪くなってしまう。実習期間だけのこと、「勉強中の身で、結婚のことを考える余裕がありませんので……」とでも言ってほほ笑んでおけばいいや、と思ったときだった。

仙川先生がこちらへ半身を乗り出してきた。

「それは絶対にナシだよ。麻世ちゃんはね、金沢に帰らなきゃならない大事な看護師さんなんだからね」

大山院長はくしゃりとした笑顔になった。

「失礼しました！　いやもう、星野さんはすごく評判がよくて、さすが仙川先生の所で働いていただけのことはあるなと感心していたんですよ。このままウチに残ってくれれば……なんて妄想したものですから。変なこと言ってごめんなさい。そうだ、仙川先生。船で釣りに行きませんか。僕がね、懇意にしている釣り船屋があるんですよ」

わざとらしい話題転換に、クスリとしてしまう。

「今の時期って、釣れるの？」

「入れ食いですよ！　そこの親父、魚がヒットするポイントをよく知ってましてね……」

仙川先生と大山院長は、そのまま釣り談義に夢中になった。

明日の勤務が早いこともあり、二人を残して先に店を出る。星野さんは評判がいい――院長の言葉を口の中で転がす。いつの間にかスキップしていた。

翌日の午後、病院内で北島先生による緩和ケアの特別レクチャーが開かれた。今回のテーマは、「緩和ケアにおける救命機器の取り扱い」。サブタイトルには〈終末期、ＩＣＤ停止についての考え方〉とある。照枝さんの症例を元にした講義であることは明らかだった。

会議室に集まった参加者は約六十人。見慣れない顔のスタッフも多い。ＩＣＤがサブテーマということで、循環器を専門にする医師や看護師の参加も多いようだ。

「今回取り上げるＩＣＤは、ＡＥＤを小型化して、ペースメーカーと同じように体内に植え込んだ医療機器である。このあたりはもう、簡単な説明でいいですね」

北島先生はスライドに合わせて話を進める。ＩＣＤが心臓の電気的活動を常に監視すること、命を危険にさらす心室細動や心室頻拍を感知して電気ショックによる治療を行うこと、心臓の働きを正常に戻して突然死を予防すること——。ＩＣＤの基本的な機能に関する紹介が続いた。

スライドには、ジッポーライターに似たＩＣＤが心臓の上で火花をスパークさせる、あまり上手とは言えないマンガのような図が添付されていた。

「わが国では一九九六年にＩＣＤが保険適用となり、これを求める患者の数は年々増加している。より高機能な物も含めてＩＣＤの設置件数は年間六千件以上、累計で二万人もの患者の胸に同様の医療機器が植え込まれている。これと同様に、一般の市民がＡＥＤを扱えるようになって二〇二四年で二十年。公共施設や店舗に設置されたＡＥＤは全国で六十七万台以上との推計もある。体の中にあるか外にあるかは別にして、電気ショックで人の命を救おうという究極のデバイスは激増している」

統計データの画面をスマホで撮影する音がした。何人かの医師がうんうんと、うなずいている。

「ところが、ここに大きな問題があります」

北島先生は、会議室内を見回すようなそぶりを見せる。

「それは、出口戦略がないことです」

そう言ったかと思うと、狙い撃ちしたかのように一人の医師を指さした。

「七尾《ななお》先生、緩和ケア病棟でＩＣＤを停止すべきか否かについて、参考になるような何らかの基準はありますか？」

名前を呼ばれたのは四十代半ばの循環器内科医、七尾医師だった。突然の指名にさほど驚くこともない様子で、でっぷりと太った体を揺らすように立ち上がる。

「米国心臓学会など関連する学会は、終末期にデバイスの停止も検討するガイドラインを定めているし、日本でも同じような議論がされているはずですよ」

涼しい顔でひとごとのように答える。それを聞いた北島先生は、パソコンのリターンキーを押した。

その瞬間、室内に轟音がとどろいた。スライドの画面では、マンガ風のＩＣＤが爆弾のように吹き飛ぶ動画が映し出された。心臓そのものを木っ端《こっぱ》みじんに打ち壊して――。

「七尾先生、残念ながら不正解です。確かにアメリカのガイドラインは、もはやＩＣＤを動かしても心臓そのものが動かない『心疾患の終末期患者』に対してＩＣＤの停止を推奨していますが、それは『癌の終末期患者』を想定したものではないんです。では、癌の患者さんが大多数を占める当院の緩和ケア病棟では、一体どうしたらよいのでしょうか？」

七尾先生は「うーん」と言いながら大きく腕組みをした。周囲に座った同僚医師たちも互いに顔を見合わせている。

「ご専門の先生方を批判するつもりは毛頭ありません。ただ、ＡＥＤの数が六十七万台、ＩＣＤが二万台に達する状況にあっても、出口の議論——すなわち、使用を停止する議論が進んでいないのはまずいと私は言いたいのです」

なるほど——北島先生が問題として指摘しているポイントは明確だった。

「すると末期癌の患者さんは、次のような誤った思い込みを抱いてしまいがちです」


〈私は不死身だから大丈夫〉＝緩和ケア病棟、ＩＣＤ装着中の癌患者の述懐

まぎれもない。スライドに映し出されたコメントは、照枝さんの口癖だ。

「実践的な症例の検討を進めましょう」と北島先生は言い、「死の淵にある癌患者に対して、ＩＣＤを停止させないままでいるとどうなるか？」と問いかけた。

その質問に誰も答えられない。

いや、最後列で低い声が上がった。なんと、発言の主は仙川先生だった。

「……体は静かに死に向かっているのに、心臓や周辺の筋肉だけがビクンと反応する。ＩＣ

Dが引き起こす除細動は大変な苦痛をもたらします。さらにそれが繰り返し起きたとすれば、苦しみは耐えがたいものになるでしょう。やがて心臓の、そして全身の細胞が反応しなくなって、ようやくＩＣＤが作動しても反応を起こさない体になる」

亡くなりかけている高齢者に、意味を失った暴力的な心臓マッサージをするのと同じことだ。

「実にリアルなご説明をくださり、ありがとうございます。今お答えいただいたように、末期癌の患者が苦痛のない穏やかな最期を迎えるには、ＩＣＤが邪魔になるタイミングがどこかで来てしまう。それゆえに、適切な時期にＩＣＤを停止するのが望ましいのです」

そこまで言って、北島先生は一人うなずいた。

「ＩＣＤをつけたままでいると、患者はいわば『ポックリ死』できなくなる。ＩＣＤによる電気ショックは、胸を蹴り込まれたような痛みです。脳の機能低下が著しい患者であれば、ＩＣＤが作動しても患者本人はすでに苦痛を感じない状態かもしれない。しかし、その痛々しい状況を見せられる家族のショックも無視できないでしょう」

救急治療室での電気ショックとは違い、終末期医療の場では家族が見守る前で、まさに目の前でＩＣＤが作動してしまう。穏やかな死を迎えるべき時間に――。

では、どうすればＩＣＤを止められるのか？　北島先生の説明によると、患者の胸を開いて機器を取り除くといった大掛かりな手術は不要だ。作動停止のプログラミングをするか、マグネットを体の上から当てるだけでＩＣＤの動きを止められるという。

「一番難しいのは、どの時点で停止の決定をするかです。本来であれば、ＩＣＤを植え込む手術を受ける時点で、出口戦略についても循環器の専門医、患者本人と家族がしっかり議論をしておかなければならない。ところが現状ではそれができていない。ならば、目の前に患者の死が迫る喫緊のケースについては、家族にＩＣＤ停止の必要性や適切なタイミングをできるだけ分かりやすい言葉で伝えることで……」

北島先生の説明が続く。前の晩に仙川先生と話をしていたおかげで、今日のレクチャーは頭に入って来やすかった。北島先生は怖そうに見えるけれど、実は患者さんの死にひたすら真剣なだけで、心根はどこまでも優しい。この日、私は強くそう思った。

照枝さんが危篤状態に陥ったのは翌日の昼過ぎだった。

５０６号室には、沙保里さんと純一さんが泊まり込んでいた。ここに来て二人は、身も心もギリギリまですり減らしてしまったように見える。とりわけ、沙保里さんの疲労の度合いはピークに達している。話しかけてもほとんど反応が返ってこず、ぐったりした様子で壁際のいすに座っていた。とても何かを相談できる状態ではなかった。

「申し訳ありません。ＩＣＤの件、まだ純一さんや沙保里さんには説明できていません」

私は妹尾先輩にそう報告せざるを得なかった。

「もう一歩早いタイミングで動くべきだったか……」

北島先生も天を仰ぐ。重要な決断の時期が目前に迫っているのに、照枝さんの家族の中で、一番のキーパーソンと呼べる沙保里さんの同意を得られない状況が続いていた。

照枝さんは、死の前に見られる下顎《かがく》呼吸が見られるようになった。いずれ不整脈が出てきてＩＣＤが作動すると予想された。

「時間がない。すぐに話をしよう」

北島先生の指示で沙保里さんと純一さんを病室の外に呼び出した。病棟の廊下を少し進み、西側の大きな窓ガラスの前にある面談スペースに席を取る。

このままでは照枝さんの体の中で、激しい苦痛を伴う電気ショックが起きてしまうこと。ＩＣＤを停止させた方が穏やかな最期を迎えられることを、ゆっくりと説明する。

「……お分かりいただけたでしょうか？　仮にここでＩＣＤを停止させても、お亡くなりになるまでの時間はほとんど変わりません」

北島先生が順を追って話を進めたが、純一さんは納得いかない様子だった。

「でも先生、それって止めてしまうと、その時点で母の心臓も止まってしまうんですよね？」

やはりそうだ。純一さんはＩＣＤの機能とペースメーカーの機能とを区別できていない。

「そうではありません。不整脈を起こしたときに機器が作動するのを止めておくだけです」

眉を寄せ、純一さんは首をかしげた。

「いいですか？　お母さんの胸に埋め込まれているのは、ペースメーカーではなく、ＩＣＤという装置です。ペースメーカーというのは常に心臓の拍動そのものに関与しているため、止めるとその時点で徐脈、つまり脈が減り、亡くなる原因になることもあります。ですがＩＣＤは通常は何も作動しておらず、不整脈が出たときだけ作動するものなのです。基本的にはＡＥＤのようなものです。なので、死の前に必ず出現する不整脈で電気ショックが何度も起きてしまうという事態に……」

もう一度北島先生が説明を試みたものの、沙保里さんは頭を激しく揺さぶっている。

「よく分かりませんが、義母の体はそのままにしておいてください。万が一、それで助かるということもあるかもしれませんし」

沙保里さんがそう思うのも分からないではない。照枝さん自身がずっと、「私はこれで不死身なの」と言ってきたからだ。家族としては、そこにすがりたくなるのも仕方がなかった。

医療者側がいくら言葉を尽くしても、なかなか伝わらない場合がある。それは、私自身も何度か経験があった。

こちらの言っていることが正しいのだからと、家族の同意なしに進めるのは決していい結果を生まない。モルヒネを使ったから死が早まった、と非難されるのもその例だ。患者さんに起きた悪い出来事は、死に至る病があったという前提が抜け落ちてしまい、すべて医療の責任にされてしまいがちなのだ。

「５０６号室、中村照枝さんの件、ＩＣＤを停止する同意は家族から取りつけられなかった。患者本人に対しては申し訳ない思いだ。だが、家族にとって心残りのない医療をするのも我々の役目である」

ナースステーションに戻った北島先生は、私たちスタッフにそう話すと、そのまま照枝さんを見守るよう指示した。

間もなく照枝さんの心臓の拍動が落ちてきた。あっと思った瞬間、ＩＣＤが作動した。電気ショックが起き、体がビクンとけいれんしたように震える。と同時に照枝さんは目を見開き、これまで見せたことのない苦痛の表情を浮かべた。声はしない。しかし顔は大きくゆがみ、歯ぐきがむき出しになった。

それを見て沙保里さんはあとずさりした。

電気ショックは一回ではなかった。徐脈になるたびに、ビクン、ビクンと体が激しく反応する。最初は腕の動きや顔つきにも変化が見られたが、徐々に動きは小さくなり、心臓も反応せず脈が戻らなくなってきた。それでも体だけは跳ね上がる。顔面は蒼白となり、死が逃れられない状態であるのが誰の目にも明らかになった。

うめき声がした。患者ではない。声の主は沙保里さんだった。

「その機械、もう止めてやってください」

胸をかきむしるようにして沙保里さんが言った。

「今、気づきました。お義母さんは、そんなこと望んでなかった……」

周囲の皆が驚きの目を向けた。純一さんは沙保里さんをいぶかしげに見つめている。

「沙保里、どういうこと？」

「こないだ、一緒に外出したときに話をしたの。あのときお義母さんは、いつまでも枯れたアジサイみたいにしがみつく最期は嫌だ、死ぬときはきれいに散りたいって。これって、そういうことだと思う」

沙保里さんは、さとりの道に行ったときのことを話していた。旧道に咲いた多くの花々が枯れ果て、茶色がかった葉と茎の上で干し固まってしまっていたアジサイの最期を見ながら照枝さんが口にした思いを。あのとき、そんな会話が、二人の間であったのか――。

「そうか、おふくろらしいな。うん、おふくろはそういう人間だった」

純一さんは沙保里さんにそう言い、それから私たちの方を見た。

「先生お願いします。心臓の機械、今すぐ止めてやってください」

北島先生はうなずくと、丸いマグネットを照枝さんの胸の上、ＩＣＤの本体がある部分にそっと載せてバンソウコウで固定する。ＩＣＤは作動しなくなった。

照枝さんの死亡確認がなされた後、沙保里さんも純一さんも打ちひしがれていた。

「私たちのせいで結局、母に苦しい思いをさせてしまいました」

ＩＣＤの停止に同意しなかったのを悔いている様子だった。

お母様が痛みを感じたのは、まあわずかな時間でしょう。それほど長い間にわたって苦しまれたわけではないですよ――こんなとき北島先生なら、正確さを期してそんなふうに説明しただろう。けれど私は、違う言い方を選んだ。

「あのときはもう、お母様は痛みを感じない状態でしたから、苦しんでなんかいませんよ」

純一さんは少しほっとした表情になる。

「そうなんですか、よかった。苦しいってうらまれているんじゃないかと……」

「大丈夫、純一さんと沙保里さんには絶対に感謝してくれています。安心してください」

私はそう断言した。絶対かどうかは、誰も分からない。嘘の説明かもしれない。けれど、ここで迷うようなことを言ってはいけない。残された二人がこれから生きていくためには、照枝さんは苦しくなかったと断言する必要があると思った。

「そういえばお母様から私、人はお日様で生きているって教えていただきました」

ふとそんな言葉が口をついて出た。

「それ、お義母さんがしょっちゅう言っていました！」

沙保里さんに明るい笑顔が戻る。

「お日様が海藻を育てて、アワビの餌になって、それを人が食べるっていう話ですよね」

沙保里さんが懐かしそうな目をする。その沙保里さんと目が合った。

「アジサイのお話、思い出してくださってありがとうございました」

昔から、サクラの終わりは「散る」と表現し、ウメは「こぼれる」、ツバキは「落ちる」、ボタンは「くずれる」と言う。それに対して、アジサイの死は「しがみつく」と言い表す。子どものころ、祖母からよく聞かされた話だった。色あせても、枯れてしまっても茶色く変性したまま、いつまでも枝に残る姿には、子ども心にも生命の哀れと悲しみを感じたものだ。

「私の実家は、金沢の卯辰山《うたつやま》にある旅館なんです。もしよろしければ、いつかお二人でいらしてください」

卯辰山にある花菖蒲園のアジサイは例年、能登半島より少し早い五月が見ごろだった。

「ありがとうございます。いつかぜひ」

純一さんと沙保里さんが頭を下げた。

これから照枝さんの体をきれいに整えるエンゼルケアに入る。ケアに必要な道具や白装束を準備している最中に、ナースステーションの電話が鳴った。

「あの、こちら一階受付です。今、病院の正面玄関に大勢の方がいらっしゃっています。506号室のお見舞いとのことですが……」

あわてて病院の正面玄関に迎えに行く。いつか照枝さんの病室を訪れた海女さんたちが再び顔をそろえていた。さらに多くの仲間に呼びかけ、バスを仕立てて来たのだという。

照枝さんの最期には、残念ながら間に合わなかった。だが事情を伝える前に、まずは病室へ案内することにした。

「あちらのエレベーターで五階までどうぞ」

海の香りを漂わせ、にぎやかに目の前を通り過ぎる女性たち。その姿を眺めながら、この人たちにとっては、お互いの存在がお日様なのかもしれない、と思った。

第三章　親父のつゆ

まぶしくて目が覚めた。奥能登であっても七月の日差しはちょっと暴力的だ。窓を少し開けていたせいでレースのカーテンが風に揺れ、ミラーボールのように部屋を照らす。伸ばした手足にカーテンの影が映る。

幸せ――いつもと変わらない一日の始まりだけれど、今日は特に気持ちがいい。まだ朝六時前だったが、おとなしくしていられない気分だ。

手早くスウェットに着替え、朝の散歩に出かけた。

アパートを出て町の商店街とは反対側、能登さとうみ病院の前を流れる小又川《おまたがわ》に沿って、ゆっくり海の方へ歩く。すると、予想しなかった形で視界が開け、穴水港あすなろ広場が現れた。妹尾先輩から聞いていた通りの広々とした緑地帯で、空と海との間をきれいに埋め尽くしている。ここは古くから材木置き場だったらしいが、町民の憩いとスポーツの場として、町が整備し直したのだという。今では牡蠣祭りなどの催しでにぎわう人気スポットに生まれ変わっている。

静かだった。何もない日曜日でよかった。芝生の上でスキップしてみる。誰もいない広大な芝生を、まるまる独占してしまった気分だ。芝生の上に寝転がる。気持ちがいい。遠くには内浦の静かな海が広がっている。さらにその上にはどこまでも青い空がある。奥能登に平和な夏が到来したことを感じさせてくれる七月の景色だった。

海に面する場所に人影が見えた。なんと、またもや仙川先生だ。広場の南側にある岸壁に腰を下ろして釣り糸を垂れている。

私は走り出していた。麦わら帽子をかぶった仙川先生は、こちらに背中を向けたまま動かない。途中から猫のようにそっと歩く。すぐ近くまで来たものの、まだ気づかれてはいない。

「釣れますかあ？」

唐突に声をかける。

「当たりは来るんだけどね」

仙川先生は普通に答えてから振り返り、「おう、麻世ちゃんか」と、少し意外そうに言った。

「何しに来たの？」

びっくりしないなんて、つまらないなと思いながら答える。

「散歩です。先生は釣りですか？」

仙川先生は「そう」と、また気の抜けたような表情になった。

しばらくの間、私も海を眺めていた。まるで湖のように波がない。仙川先生の釣り糸の先にある赤い浮きも、ほとんど動かなかった。

「平和ですねえ」

「うん。平和、だねえ」

一呼吸の間を置き、先生はこちらを振り向く。

「でもね、この海の向こう岸の地区は、これまで何度も地震やら大雨やらの被害にあってきたんだよ」

そう言って仙川先生は麦わら帽子を取り、遠くを黙って見つめた。帽子を胸に抱いて黙禱《もくとう》をささげるかのような姿に、声をかけることもはばかられた。

能登の地に来た私が学ぶべきことは、もっといろいろあるのかもしれない。これまでの仕事、看護師としてのキャリア、それにこれからの人生——。海と空とが交わる辺りを眺めていると、なんだかとても大きなことを問いかけられているような気がした。

先生の浮きは微動だにしない。

「釣れませんね」

胸に浮かんだ言葉をそのまま口にする。仙川先生は少し笑った。

「はは、いいんだ。釣っても逃がすだけだし」

「えっ、釣れなくてもいいんですか?」

「もちろん、釣れればうれしいよ。でも、釣ってやるぜっていう釣りは好きじゃない。何も考えずにぼんやりと釣り糸を垂れて、たまたまかかったらうれしい、くらいかな」

仙川先生のストレス解消法なのだろうか。私がぼんやりとSNSで動物の動画を眺めるのと同じかもしれない。

「こうしているとね、子どものころ、何も心配せず自分が楽しいことだけに夢中になれた時間を思い出すよ」

やっぱりそうか。これまで仙川先生は、診療所の経営や患者さんの容態を四六時中、心配する日々を過ごしてきた。今はもう何も考えず解放されたいのだ、きっと。同じ風景を目にしながら、見えているものや感じているものが異なることに不思議な思いがした。

「小学校に上がってすぐのころだったかな。小アジをたくさん釣って帰ると、母ちゃんが喜んでくれたなあ。満ち潮になるときに岸壁の際まで小魚が来て、リールもないような釣り竿でも、ものすごく釣れたんだよ。ほかに、サヨリやキス、クロダイなんかも釣れたっけ。小魚を追って、結構大きな魚も来てね。釣れなくても興奮したなあ」

まほろば診療所で長いこと一緒に仕事をしてきたものの、子どものころの話を聞くのは初めてだった。ずっと医療に身をささげてきた風変わりな偉人に見えていたけれど、仙川先生にも子ども時代があったのだ。

「密漁にはならなかったんですか？」

「ないない。穴水は貝の養殖が主で、そっちはご法度だけど、魚は投網《とあみ》で獲ったりするのでもなければ許されたよ。ま、子どもの遊びだし」

なるほど。そのころ一緒に遊んだ友人はまだこの町にいるのだろうか。

「当時の遊び友だちでなくても、学校の元同級生に会えるとうれしいね。この年になると天に召されてしまった人もいてね。そんなに親しくなかったクラスメートでも、会えばお互い、ここまでよくがんばってきたねって肩をたたきたくなるよ」

仙川先生は楽しそうに話してくれる。

「どう言ったらいいのかなあ。自然の中に身を置いて、生きるも死ぬも自然に任せるって感覚かな」

見ている間に魚は一匹も釣れなかったが、すごくいい時間を過ごした気分だ。

「じゃあ先生、今夜は勤務があるので失礼します」

時刻は、そろそろ午前七時になろうとしていた。私は仙川先生を岸壁に残し、芝生をスキップして横切る。大きく腕を振りながら、小又川に沿ってアパートへ戻った。


「星野さん、508号室に新しい患者さんが入られたから。よろしくね」

夜勤のシフトについたところで、昼に入院したばかりの患者さんがいた。大山寛介《おおやまかんすけ》さん、七十七歳。末期の前立腺癌と重度の認知症を患っていた。

カルテを見ると、能登さとうみ病院には過去にも誤嚥《ごえん》性肺炎で何度か入院していた。これまでの入院は、救急車で救急外来に搬送された後、老年内科で十日間ほど治療して退院し、介護老人保健施設《ろうけん》へ戻るというパターンばかりだった。入院のたびに全身状態は悪くなっていき、認知症も進行した。これで五回目の入院になるが、今回は肺炎の症状が落ち着いたタイミングで退院、とはいかなかった。

寛介さんを担当してきた老年内科と泌尿器科の医師、それに緩和ケア科の北島先生とが話し合いを持ち、患者さんの家族の同意の下、寛介さんは緩和ケア病棟で最後の日々を過ごすことに決まったという。

私はまず、寛介さんの病室、508号室に出向いた。夜勤のスタッフの数は限られており、何かのタイミングで雪崩《なだれ》を打ったように仕事が降りかかってくることが少なくない。できるだけ余裕のあるうちに、初めての患者さんの状態を把握しておきたかった。

「失礼します」

返事はない。昼から来ていたという家族は、すでに帰っていた。テレビなどの物音もなく、静かだ。

日没まではなお間があり、夏の色合いを増した夕日が病室のカーテン越しにゆらめいて見えた。

「大山寛介さん、こんにちは」

窓際に置かれたベッドには、色黒で手足の長い男性が横になっていた。ひどく痩せている。誤嚥性肺炎で呼吸機能が完全には回復できておらず、酸素マスクをしていた。毎分〇・五リットルの流量で酸素が投与されている。

「今夜、担当します星野麻世です。こちらの緩和ケア病棟で、大山さんの受け持ち係になりましたので、よろしくお願いしますね」

声をかけても目を開けなかった。六十三歳のときに若年性のアルツハイマー型認知症と診断され、すでに十四年が経過している。寛介さんは蕎麦《そば》屋の店主だったという。最初は軽い物忘れ程度で店の仕事も何とかこなせたが、徐々に病状が進行して四年前に引退、今では会話もほとんどできなくなっている。目を閉じてはいるが、眠っているかどうかは分からない。単に、意識レベルが低下しているとも思われた。

「大山さん、ちょっと腕をお借りしますね。はい、ごめんなさい」

体温計を脇の下に差し入れ、反対の腕に血圧計のマンシェットを巻く。体に触れても寛介さんが目を開けることはなかった。

体温は三六・八度、血圧は上が一二六、下が七〇、脈拍七八と数値は正常だ。ただ、枕元でバイタルを測定している間も、寛介さんの喉元からは持続的に痰の絡む音がした。誤嚥性肺炎の再発を繰り返している人によく見られる症状だ。眉間にはしわが寄り、何とも言えない苦痛があるようだ。

誤嚥性肺炎は、食べ物や唾液が食道ではなく、誤って気管に流入してしまう「誤嚥」によって生じる。食べ物には口腔内の雑菌が多く含まれており、その細菌が肺の中で増殖して炎症を引き起こす。

健康な人であれば、たとえ誤嚥をしても咳払いによって異物を排除できる。ところが意識が低下したり、体力が落ちたりしている場合は、咳払いという反応が起きない。そのため、異物に含まれる菌を排除する機能が働かず、肺に感染が広がってしまう。

寛介さんの脚の細い血管には点滴用の針が留置され、ここから水分補給の点滴が行われていた。

誤嚥性肺炎の治療の基本は絶食だ。肺が炎症を起こしている間に再び誤嚥すれば、症状はさらに悪化してしまう。寛介さんも二週間前から禁食になり、緩和ケア病棟に移った今も点滴だけで経過していた。

「大山さん、食べたい気持ちになりませんか？」

反応はない。

誤嚥性肺炎は再発が非常に多い。寛介さんの体が「食べ物」をきちんと認識して適切に反応できなければ、また誤嚥してしまう。見たところ寛介さんは意識状態が悪く、食事の再開はやはり難しそうだ。

「あら、これはまたきれいな折り鶴ですね。すごい」

壁際に立派な千羽鶴が飾られていた。色とりどりの鶴を束ねた短冊には、「長寿庵　常連客一同」という書き込みがある。

「長寿庵……大山さんのお店ですか？」

大きな声で尋ねてみたが、やはり寛介さんは何も答えてくれない。

千羽鶴の横に、蕎麦屋の店先に立つ男性の写真があった。

若いころの寛介さんのようだ。同じアングルの新しい写真には、別の若い男性が立つ。店内の風景では、注文の品を運ぶ若い女性の写真もあった。

なるほど、家族で経営する蕎麦屋の様子を写した写真のようだ。そして店の名は「長寿庵」なのだろう。

「すてきなお店ですね。今度、行ってみたいなあ」

そのときだった。

「おすすめは鴨南蛮、テイクアウトもあり。昼どきはちょっとだけ混むよ」

太い声が返ってきて、ぎょっとした。寛介さんの顔をのぞき込むが、相変わらず静かな表情のまま口を閉じている。

背後でコツコツとノックの音がした。病室の入り口に白衣を着た男性が顔をのぞかせる。

「ククッ……そんなに驚かなくても」

泌尿器科のエース、梶原《かじわら》先生だった。

「大山さんは、五年前に尻餅で圧迫骨折を起こして、そのときに前立腺癌の腰椎転移があると判明したんだ。前立腺癌はホルモンの抗癌剤治療がよく効いてね。いったん腫瘍マーカーが正常化したあとは抗癌剤を中止して、またマーカーが上がったら治療を再開する、いわゆる間欠療法をしていた。何しろ注射を嫌がって暴れるからね。幸いなことに、背骨の痛みは軽い麻薬のパッチでコントロールできている。認知症については、去年から意思疎通も取れなくなって……重症だよ」

そう言いながら梶原先生は寛介さんの枕元に立ち、いきなり布団をはいだかと思うと、下肢をゆっくり動かして屈曲させた。

「痛みはなさそうだな」

布団を掛け直すのを手伝う。

「サンキュ。長寿庵にはね、毎日のように通ったもんだよ。今も時々、行くんだけどね」

梶原先生はため息をつき、「認知症さえなければなあ」とつぶやいた。

この病院の緩和ケア病棟で認知症の患者さんを看るのは珍しかった。穏やかな終末期を過ごすのが目的の病棟であるから、大声を出すといった興奮症状や介護抵抗などの精神症状がある患者さんだと、周囲への配慮も難しくなる。

だが、寛介さんには精神症状がない。北島先生は今回、緩和ケアの対応が可能であると判断し、病棟での受け入れを決めたという。

「ご家族の希望というより、北島先生のお考えだったんですか」

「そんな感じだね。アメリカでは寝たきりで感染症があるような重度の認知症患者は、それだけで緩和的アプローチの対象になるって話だ。だから、大山さんにも適応ありと考えたんだろう。北島先生は、日本の緩和医療を前進させなくちゃダメだという考えがあって、結構、熱い人だから」

日本では認知症だけで緩和ケア病棟に入院するのは認められていないが、寛介さんの場合は癌も患っており、引き受けることができた。制度上ではギリギリの状況での入院らしい。

病室からの去り際、「それにしても」と梶原先生が言葉を継いだ。

「大山寛介氏は意思の疎通が不可能だというのに、君はずっと患者に話しかけていたね。まるで意識がある人みたいにさ」

やっぱり緩和ケア病棟は変わったところだな——と首をかしげ、梶原先生は508号室を出て行った。

翌朝、病棟の面談室では七人がテーブルを囲んでいた。

寛介さんのご家族を招き、北島先生と師長、妹尾先輩とともにこの病棟のケアについて話をする機会を作ったのだ。私は夜勤明けでフリーになっていたが、寛介さんの受け持ちを命じられた責任感から、ご家族との面談に同席を申し出ていた。

テーブルの向こう側には寛介さんの妻と長男、長女が並ぶ。今日の天気予報では、一日中晴天が続くということで、大きな窓ガラスに面したそのスペースは、朝から空気全体が熱を帯びていた。

「さとうみ病院には、もう何度も入院してよう分かっとっけど」

寛介さんの長男と紹介された勇一《ゆういち》さんが、少しイライラしたように言った。いつもお世話になっています、といったニュアンスではなく、何で今さら入院の説明を聞かされなければならないのか——といった顔つきだ。

昨日、病室に飾られた千羽鶴や家族の写真を目にした際、何となく家族は入院慣れしているな、という印象があった。目の前の長男は、まさに思った通りの雰囲気だ。

「本日は、これまでのような一般病棟の説明やお見舞いのルールをお聞きいただくつもりはありません」

妹尾先輩が取りなすように言う。

「緩和ケア病棟への入院は初めてですので、ご家族にとりましても大切なお話があります。では北島先生、お願いします」

咳払いした北島先生は、きっぱりとした口調で「今後の変化と見通しについてです」と話し始めた。

「まず、肺炎そのものは改善し、今のところはほぼ安定しています。ですがその後も意識が回復する見込みは少なく、眠っているような時間が長くなり……」

北島先生の口から語られたのは、寛介さんの容態がどのように変化していくかの見通しとケアの進め方だった。

「最終的に、大山さんは死を迎えると思われます。具体的には――」

終末期の身体の変化について、先生の説明が続いた。体を強くさすっても、目を開けることがなくなる。喉元でごろごろという音が続くようになる。呼吸のリズムが不規則になる。息をすると同時に肩や顎が動くようになる。手足の先が冷たくなり、脈が弱くなる。死を前にした数日間に起きうる典型的な経過が、順を追って説かれた。

「ほれでぇ、何日くらいしたら親父は退院できっけ？」

ぎょっとする言葉が返ってきた。退院どころではないと、こんなにも明確に言ったはずなのに。家族に寛介さんの状況を理解してもらうには、もっともっと説明する必要があるようだ。

北島先生はため息をつくこともなく、淡々と言葉を継いでいった。ただ、説明のベクトルが明らかに変わった。

「大山寛介さんのご病状ですが、死期が迫っています。はっきり申し上げて、亡くなるまであと一か月といったところだと思います」

普段、北島先生は、「死期」などという言葉は使わない。尋ねられてもいないのに、見通しが不確かな死亡時期など明言しないものだ。しかし今日は、寛介さんのご家族に目の前の状況を直視してもらうために、あえてこのような言い方を選んだのだろう。

「ここまで時間が限られるようになったのは、前立腺癌の転移によるものというよりは、認知症の進行が主な原因で」

「認知症で死ぬのかよ。癌じゃのうて。ほんとか？」

ご家族の視線が北島先生に集まる。今でもなお「癌は死の病」「認知症は物忘れの病気」という固定観念がある。

「ご家族の皆さんに改めてご認識いただきたいのは、認知症も最終的には死に至る病であるということです。よく軽度認知症だとか、重度の認知症といった言い方がされますが、お父様の場合は、『末期認知症』と呼ぶべき段階にあります」

北島先生の説明に、勇一さんが眉をしかめた。

「死に至る病……なんけ。まるでぇ、癌みたいやね」

大きくうなずいて、先生は説明し続ける。

「まさに、そうです。そもそも認知症は根本的な治療法がありません。癌のように手術という手段はありませんし、薬の効果も非常に限定的です。その点では、癌より厳しいものがあります。ところが一般的には、病気の進行が非常に長期にわたるため、死と直接的な関連があると認識されにくいのです」

「確かに親父は軽度認知症と診断されてからぁ、もう十四年にもなりますわいね。診断の数年前から物忘れはあったもんで。そうやったら先生、このあとは……」

勇一さんの声が少し震えた。

「お父様はまさに今、最終段階に入りつつあります」

北島先生の「最終段階」という言葉にかぶさるように、家族三人の口からため息が漏れるのが聞こえた。

「まず知っていただきたいのは、認知症は一般的に、発症十年から十五年くらいで亡くなるケースが多いということです。最初は脳の一部の委縮から始まり、記憶障害などの症状が現れます。その後、徐々に脳全体が委縮し、食欲を含む意欲が低下するほか、食べ物を食べ物と認識する力も失われ、最終的には『食べる』『飲み込む』といった生命を維持する機能までもが障害され、やがては目覚めた状態を保つのも難しくなります。六十三歳でアルツハイマー型認知症を発症されて十四年たった今の大山さんは、嚥下する脳の機能も損なわれつつあります」

それまで黙っていた娘の朱音《あかね》さんが口を開いた。

「……そうすると、誤嚥性肺炎を繰り返したのは認知症のせいなのですか？」

「ええ、そう考えるのが自然です」

寛介さんの病状と予後の「理解」へ向けた突破口が開いた思いがした。

「認知症と肺炎と聞くと、二つはまったく別のもののように感じられますが、大山さんの誤嚥性肺炎の背景には、脳の機能低下があるのです」

「じゃあ、たとえ今回の肺炎が治っても、親父は食べられんで痩せ細って死んでしまうちゅうことですけ？」

白けたような表情をした勇一さんに、北島先生が真剣な目を向ける。

「残念ながら、その通りです。そしてご理解いただきたいのは、体が痩せてしまうのは、認知症という病気に伴う自然な経過だという点です。脳が痩せれば、脳がコントロールしている体も痩せるのです」

脳が痩せれば体も痩せる――不思議な言い回しだが、臨床的にはその通りだと実感する。

「俺なら無理してでも親父に食べさすがにぃ、病院のやり方は生ぬるいんでないですけ。親父が痩せ細って死ぬがは、お優しい病院のおかげ、ちゅうことですけ？」

勇一さんの皮肉な問いかけには答えず、北島先生は続けた。

「お父様の残された時間は長くない。無理に食べさせれば誤嚥性肺炎が再発し、熱や痰でまた同じように苦しむ時間を増やしてしまうだけです。私たちは今後、できる限り苦しまずに過ごしていただけるよう、緩和ケア的なアプローチで治療に当たりたいと考えています」

「どんなアプローチか知らんけどぉ、親父の病気が治るわけでないんやね。緩和ケア病棟って、何もしてくれん所やな」

勇一さんの口ぶりは、最後の最後まで不満そうだった。

「星野さん、あと少しで着くよ」

勤務を外れた日の午後、泌尿器科の梶原先生が運転するEV車の助手席に揺られていた。のと鉄道の線路沿いを離れ、乙《おとが》ケ崎《さき》の高台への道をたどる。

「すみません、たかがランチなのに。車まで出していただいて……」

寛介さんが経営していた蕎麦屋に連れて行ってほしいと頼んだら、梶原先生は二つ返事で引き受けてくれた。何でも言ってみるものだ。

「乙ケ崎は町の新しい観光名所なんだ。もうちょっとだけご辛抱を」

「辛抱だなんて。デート気分で楽しいでーす！」

手間をかける申し訳なさに、ちょっとリップサービスをしてみる。

「またまた。どうせ仕事がらみなんでしょ」

フフンと鼻で笑われてしまった。

緑の道をさらに先へと進むと、荘厳な姿をした高さ八メートル余りの大仏が現れた。うっそうと茂る大きな木々に取り囲まれるように鎮座している。

「わあ、立派な大仏様ですねえ」

「能登長寿大仏」と呼ばれる北陸最大級の仏様だという。周囲には観音像や三重塔、朱色の橋などの縁起物が配置され、散策路をぐるり巡って楽しむことができるそうだ。

「彼の店はね、大仏像のちょうど裏手」

車が止められた場所には、「長寿庵」と染め抜いたのれんが掛かる、昔ながらの蕎麦屋があった。508号室に飾られていた写真と同じ建物だ。初めて来たのに、どこか懐かしい気分になる。

時刻は午後零時二十分。本来なら混み合っていてもおかしくない時間なのに、店の前の駐車場には車が一台停まっているだけだった。

あの面談の日、寛介さんの今後について話をした後、息子の勇一さんが納得できない様子で席を立った光景がよみがえる。母親の典子《のりこ》さんは、おろおろした様子で勇一さんの後を追った。一人残った娘の朱音さんは、家族の思いをぽつぽつと話し出した。

「弟は、何としても父に生きていてもらいたいのだと思うのです」

さらに、こんな言葉も漏らした。

「威張っているように見えますが、勇一は実のところ、店の経営に自信が持てないでいるんです。たぶん心細いのでしょう。仕入れ先やら、仕事関係の人たちも、父がまだ生きているおかげで協力してくれていると思ってます。それに、蕎麦の味そのものにも迷いがあるらしくて……」

ほかにも朱音さんは、「弟の思い」についていろいろと語ってくれた。けれど私には、勇一さんの本当の姿がよく見えてこなかった。だから、ここに来たのだ。

まほろば診療所で仕事をしていたときは、患者さんのことでもご家族のことでも、気になることがあれば、すぐにご自宅を訪ねたものだ。それが訪問診療の役割だし、醍醐味だった。今、緩和ケア病棟で経験を積む日々を過ごしながら、歯がゆい思いが拭えない。それはきっと、まほろばで身についた習性のようなもので、実際に患者さんとご家族が暮らす現場を見たいという気持ちに逆らうことができないからだろう。

「いらっしゃあい」

がらんとした店内に、客は二組のみ。接客は黒い作務衣《さむえ》を身に着けた白髪頭の女性が務めていた——寛介さんの妻、典子さんだ。

鴨南蛮を注文したが、典子さんは「はい、鴨南蛮二つやね」と通りいっぺんの笑顔を見せるだけ。私服姿のせいか、私たちが病院のスタッフだとは気づかない様子だ。自然な姿を見るため、あえてそのままにしておく。

「客足は、いつ来てもまあこんなものかな」

梶原先生が茶をすすりながら教えてくれる。先代がやってたころは、いつも満席だったけどね——というくだりは、ごく小さな声になった。先代とは、もちろん寛介さんのことだ。

席に着いていた客のうち一組は、にぎやかな年配男性四人のグループだった。日本酒を飲みつつ、大声で話をしている。

「そやさかいよお、男の人生はこれからだってえの」

「人生百年時代だぞ、分かっとるがか！」

四人組のテーブルに酒を運びながら、典子さんはペコペコと頭を下げている。

「大変お待たせしました」

待つこと数分で運ばれてきた蕎麦は、おいしそうに湯気を立てていた。梶原先生と二人して顔の前で手を合わせ、「いただきまーす」とできたての蕎麦に箸を伸ばす。

ん？　違和感があった。店構えから想像した味ではない。

はっきり言って、蕎麦はおいしくもまずくもなかった。あえて言えば、自宅で乾麺をゆでて作る蕎麦のようで、蕎麦屋ならではの喜びが感じられない。香りがいいとか、歯ごたえが違うとか、そういった特徴は何もない。

ただ、ほのかな色合いに染まった鴨肉はとてもおいしかった。ネギのしゃきしゃき感もいい。

「この鴨は、既製品だよ」

梶原先生はそんなことをつぶやきながら、汁をすすっている。すると、及第点はネギだけなのか？　私は、食通でもグルメでも、ましてや蕎麦通でも何でもない。けれど、「この長寿庵の蕎麦はイマイチだ」ということだけは感じられた。

「おい、迎えの車が来たさかい帰《けえ》るぞ」

銚子を何本も空にした四人組が、一斉に立ち上がった。

店の奥から勇一さんが飛び出てきた。「毎度どうも」と言いながら典子さんと並び立つ。

「お前はなあ、勇一、まだまだよ。もっと孝行せんかい」

「親父さんに長生きしてもらわんとな」

「ほうや。嫁もおらんし、独り立ちできとらんさかいな」

「じゃあ、典ちゃん。来週また来るさかい。またな」

寛介さんの病室の千羽鶴に貢献した常連のお客さんたちなのかもしれない。客足が減っても店に通い続けてくれる強い味方なのだろう。しかし、その言葉には重みがある。

「まるで江戸時代だな。彼らは、海坂藩《うなさかはん》に住んでた本家の親戚筋、みたいな人たちかな」

時代小説が好きだという梶原先生の解説はやや意味不明だが、勇一さんや典子さんが古い人間関係に取り巻かれていると言いたいのは分かる。

ふと見ると、典子さんが目頭に手をやっていた。典子さんばかりか、なんと勇一さんも目をうるませている。意外な気がした。四人の客を見送りながら、二人には何か強く思うところがあるようだ。それが何なのかは、はっきりとは分からないけれど。

何にしても店に来てよかった。寛介さん一家の意外な一面を知り、別の角度からこのご家族を見ることができそうだと思った。鴨南蛮の湯気の向こうで、梶原先生が盛大につゆをすする。つられて私も飲んでみる。この味も慣れてくれば、そんなに悪くもない。


「お世話になってまーす」

翌日の朝、508号室でリネンの交換を始めようとしたとき、背後で朱音さんの声がした。

面談の日はかっちりとした紺のスーツ姿だった朱音さんは、今日は明るい夏色のワンピースに身を包み、雰囲気がずいぶん違う。

「大山さん！　娘さんがお見舞いに来てくれましたよ」

患者さんにそう告げ、ベッドサイドに朱音さんを招き入れる。

「仕事から完全に離れられるのは日曜だけなんです。でも週一回のお見舞いでは、父は許してくれませんよね」

枕元に小さな白い花を飾りながら、朱音さんがぽつりと言う。

「そんなことはないと思いますよ。ねえ、大山さん？」

私は努めて明るい口調で患者さんに尋ねる。もちろん返事はないけれど。

「朱音さん、お仕事は何をされてらっしゃるんですか」

「客室乗務員《CA》志望者の専門学校で教えています。以前は私もＣＡをしてまして」

ああ、のと里山空港に隣接するあの伝統校で先生を――。なるほど、朱音さんのきれいな発音や品のいい振る舞いは、そのキャリアがもたらすものなのか。

「お忙しいんでしょう？」

「ええ。でもね、私たちの仕事は、お客様の意思がはっきりしているから簡単ですよ」

小さく首を横に振って朱音さんは、私の目を見据えた。

「その点、看護師さんのお仕事は大変だと思います。うちの父のように話ができない患者にも、きちんと気持ちを通わせようとしてくださっている。父のケアをしてくださる星野さんの姿を見ていたら、フライトのお客様も、教室の学生も、コミュニケーションを取ることなんてホントに簡単だなと……」

そんなふうに思ってくれる家族は少ない。名前で呼んでもらえたのもうれしかった。

「これからちょっと、お父様のシーツ類を新しくさせていただきますね」

お見舞いに来たばかりの朱音さんに断りを入れ、私はリネン交換の作業に入った。まずは、仰向けで寝ていた寛介さんの体を、ゆっくり横向けにして背中側から支える。

「うっ」

寛介さんの小さなうめき声がした。その表情が落ち着いたところで、汚れたシーツを背中の下にくるくると巻き込んで回収し、代わりに新しいシーツを挟み入れる。枕カバーを交換する際には、寛介さんの頭に右手をあてがい、頸椎に無理な力がかかるのを防ぎながら、できるだけ手早く行った。

「うう」

再び、低い声が漏れ聞こえる。一連の作業を終えたところで、私は寛介さんにわびた。

「――さあ、終わりましたよ。大山さん、痛いのに、ごめんなさいね」

「え？　父は痛いなんて言ってませんよね」

朱音さんが驚きの表情を浮かべた。

「ええ。でも、聞こえませんでしたか？　今みたいにシーツの取り換えやおむつ交換でお体に触れると、時々小さな声を出されたり、顔をしかめたりされるんです。このご状態で声を出されるのは、相当痛いに違いありません。痛みが十分に取れていない気がするので、私、もう少しお薬を増やしてはどうかって先生に提案してみようと思っています」

今の状況や問題点を簡単に説明する。朱音さんは目を見開き、続いて深々と頭を下げた。

「ありがとうございます。父はもう『痛い』とも言えないのに、その聞こえない声まで聞こうとしてくださって……」

しっかり思いが伝わっている——それが分かってうれしかった。

「ここでは、当たり前のことです。苦しくなく、できれば快適に人生の最後を過ごしていただきたいだけなんです」

下を向いたまま、朱音さんは肩を震わせ泣き始めた。

「穏やかに……」

嗚咽《おえつ》で言葉が途切れる。

「……父を送ってやりたいと、頭では分かっているんです。でも、残されたあとの自分たちの暮らしを思うと……。四年前に自分の道をあきらめて父の店を継いでくれた弟も、本当は怖くて、怖くて仕方がないんです。それは母、私自身も同じです」

次の日も、朝から気温が高かった。連続して真夏日になろうかという勢いだ。ついこの間までは夏の日差しに幸せを感じていたはずなのに、ぐんぐんと凶暴さを増していく暑さに、ため息が出る。

午前八時、定例のカンファレンスが始まった。私は、寛介さんがさらなる痛みの兆候を示すようになった点を報告した。

「508号室の大山寛介さんの疼痛緩和で問題を感じています。大山さんは、ここ数日、おむつ替えや体位変換の際にひどく顔をしかめ、時にうめき声を出されます。原因としては関節の拘縮による疼痛や不動に伴う筋肉の痛み、入院時から改善しない仙骨部の褥瘡《じょくそう》の痛みもあると思われます。もちろん拘縮対策や褥瘡治療はしていますが、それでも解消できていません。ご本人は認知症の末期で表現する力もなく、痛みの程度ははっきりしないものの、もう少し緩和を強くしてもよいのではないかと思うのですが……」

私の報告の最後の部分は、北島先生に向けた問題提起だった。緊張で声が震える。

「星野さんの思い、私も分かります。すでに前立腺癌の骨転移に対して医療用麻薬が使われているので平時の苦痛は取れている印象ですが、たまたまひどく苦しむ瞬間に立ち合うと、いつから痛かったのか、どんなふうに苦しいのか、このまま様子を見守っていいのか、ということが分からず、対処が難しいと感じています」

妹尾先輩から助け舟があった。私は、おそるおそる北島先生の様子をうかがう。

「分かった。指摘に感謝するよ」

それまで腕組みをして聞いていた先生は、新しい目標を見出したように応じてくれた。

「大山さんの苦痛を評価するために、アメリカで使われている評価ツールを検討してみよう。苦痛に伴う反応がどの程度あるかを点数化するために、たとえば――」

＊呼吸の様子＝雑音がないか・過呼吸がないか
＊発声の様子＝うなり声がないか・泣いていないか
＊顔の表情＝しかめ面をしていないか・眉間にしわがないか
＊体の状態＝硬直していないか・拳を握りしめていないか

「こうした項目を点数化して合計し、大山さんの苦痛を数字で客観的に評価できれば、鎮痛薬や医療用麻薬の処方も調整しやすくなる」

「それ、いいと思います！　特に苦痛を訴えることのできない大山さんのような患者さんの声を聞くためにも」

思いがけず議論が問題解決に向かって展開していった。よかった。勇気を出して発言した甲斐があった。

「では、次は510号室の……」

「あ、その前にすみません。もう一つ、508号室の大山さんの件なんですけど、患者さんの症状以外のことで、お知恵を借りたい事柄がありまして――」

「症状以外って、ここで話すべきことなの？」

妹尾先輩にいぶかしげな視線を向けられてしまった。でも、空気を読んで黙っておく、なんてことは私にはできない。患者さんにいい最期を迎えてもらうためにも欠かせないことだから。

「ご家族への支援をどうするか、なんです」

夕方の五時を過ぎたころだ。緩和ケア病棟のナースステーションに、病院の警備室から緊急コールとでも言うべき電話が入った。

「もしもーし！　こちら警備室です。今ですね、消化器内科の病室で、患者さんのご家族さんが暴れています。緊急の対応をお願いします！」

「はあ？　あの、こちら緩和ケア病棟ですけど……」

「そ、それがですね、騒ぎを起こしてるのは、緩和ケア《そちら》病棟に入院されてる患者さんのご家族なんですよ」

通報を受けて、市村師長と妹尾先輩の二人が二階にある消化器内科のフロアに駆け下りて行った。そしてその五分後、今度は妹尾先輩から私のもとへ電話が入った。

「あっ、星野さん？　あのね、こっちで騒動を起こしてるのは、大山寛介さんの息子さんなのよ。ね、だから今すぐ、あなたもこっちに来て！」

息を切らして二階に下り立つと、北側廊下の奥にある病室の前で人だかりができている。

「どういうことげんて！　きちんと説明してたいまよ」

室内から聞こえてくるのは、まさしく勇一さんの声だ。

「なんでウチの親父がダメでぇ、この人たちはＯＫながけ！」

部屋の中央では、勇一さんが少林寺拳法か何かに使うような長い棒を右手に持ち、激しい調子で怒鳴っている。その傍らで、母親の典子さんが床の上にぺたりと座り込んでいた。

「そやさかいこうしてお願いしとるでないですけ。うちたちは、親父を長生きさせてほしいだけげんて」

棒の先で床をドンドンと突く音が部屋中に響き渡る。そこは四人用の病室。上体をわずかに起こした男性の患者さんたちが、戸惑いの表情を浮かべている。それぞれの患者さんに共通しているのは、ベッド脇のスタンドに白い液体の入った小さなバケツが吊り下げられ、そこから患者さんの腹部に向かってチューブがつながっていることだった。ちょうど今は夕食の時間帯だ。

「肺炎は治ったんやさかい、早いとこ親父に、胃瘻《いろう》ってやつを造ってやってたいまよお」

なんと、勇一さんは胃瘻造設を要求していた。

胃瘻とは、食物を胃へ直接送り込むために、腹壁に開けた穴のことだ。先天的な問題や脳梗塞など、物理的あるいは機能的に飲食物を飲み込む機能が欠落した場合に手術で造られ、第二の口とも呼ばれる。

「認知症でも胃瘻を造れぁ、さらにもう何年も生きられるって聞いたぞ！」

勇一さんがわけ知り顔で言った。息子さんを見上げながら、典子さんも大きくうなずいて口を開く。

「お父さんに一日でも長生きしてほしいがや。どうか、こちらの科で手術を受けさせてたいま。お願いします」

二人は、寛介さんの胃瘻造設を求めて、手術を担当する消化器内科に乗り込んで直談判していたのだ。

「ダメ、星野さん。離れて！」

妹尾先輩に制止された。私が勇一さんの所に向かうのが危険だというのだ。けれど、体は止まらなかった。

できる限り低い声を出した。

「大山さん、落ち着いてください」

ほかの人たちへ危害が及ぶ前に、誰かが止めなければ。

「暴力はいけません。危ないですからね、その棒を預からせてください」

「……ん？」

勇一さんがこちらを振り向く。私が誰であるか分かった様子で、露骨に嫌な顔になった。と、次の瞬間、いつの間に部屋に入って来たのか北島先生が勇一さんの棒の先を力強くつかみ、語りかけるような調子で口を開いた。

「ご希望の件については、私が話をお聞きします。ただし、お父様のプライバシーに配慮して、別の場所に移りましょう。それとも、こちらの病室に入院されている皆さんにも聞いてもらいたいですか？」

ベッドで上半身を起こした患者さんたちが、好奇の目で見ていた。それに気づいたのか、勇一さんは怒らせていた肩を下ろし、大人しく指示に従った。

緩和ケア病棟の面談室に着いたところで、勇一さんが再び大きな声を上げた。

「胃瘻をすれば、ニンチから来る誤嚥も防げて、親父はもっと長生きできるんやろ？　そんなら先生、その手術をお願いします」

北島先生は腕組みをしたまま何かを考えている様子だった。

「どうやら、誤解があるようですね。しっかりお話しした方がいいでしょう。えっと星野さん、胃瘻の図解資料、病棟にあったっけ？」

「はい」と席を立ち、私はナースステーションに走った。北島先生は「誤解」と言ったが、とりわけ高齢の患者さんのご家族は、胃瘻に「幻想」を抱きがちだ。ナースステーションの書棚から大判の『医療処置の図解』を引き抜きながら、私はそう思った。

「この図をご覧ください。胃瘻を造るには、お腹の外から胃の中にお食事を入れられるように穴を開け、チューブを通す処置が必要です。実際には、胃カメラのような内視鏡を使って胃の中から腹壁にチューブを突き通して固定します。その後、穴が開いた場所の傷がふさがるのを待ちます。傷が安定すれば、最初は白湯から、次第に胃の中にミルクのようなお食事を注入することができるようになります。胃瘻の入り口は浮き輪のような小さな蓋がついていて、入浴することも可能ですが、そうなるまでには一か月以上はかかります」

北島先生が順序立てて説明するが、その途中で典子さんが口を挟む。

「いい方法や！　ゴエンで肺炎にならんし、寝たきりでも長生きできるわね」

「残念ですが、そうはなりません。認知症で、間もなく死が予想される段階に入っているとき、胃瘻や高カロリーの点滴をしても延命効果もなければ、肺炎を防ぐ効果もないと報告されています」

「やってみな分からんがや？」

勇一さんは、なおも食い下がってくる。

「だって、さっきの病室では親父と同い年くらいの患者が……」

北島先生は、「なるほど、消化器内科の患者さんの様子を目にされてか」とうなずいた。

「『食べられない』というトラブルの根本的な原因が違うのです。あの患者さんたちは、ひとことで言えば『通過障害』です。咽頭部の癌の手術を受けたあとの患者さんか、脳梗塞などによって嚥下機能障害になった患者さんで、ご本人は食べたいけれど、食べ物が喉をうまく通過してくれないという方たちです」

図解に描かれている喉から食道の部分を示しながら、北島先生は説き進める。

「一方で認知症が原因の場合は、まず意欲低下などに伴う『食欲低下』があり、その状態が続くことで二次的に通過障害を招いているのです。歩く気力がなくて座ったままで過ごすうちに、歩けなくなってしまったような状態です。その場合、足の手術をしても歩けるようにはならないのと同じです」

「親父はぁ、食べる気がねえちゅうことですけ？　まさか！　あんなに食べることが大好きやったがに」

勇一さんは口をとがらせる。だが、傍らで聞いていた典子さんの表情が少し和らいだ。

「お父さんは、食べたくないんやね」

「そう考えても間違いではありません。胃瘻をすれば、二日酔いの朝に、無理に物を食べさせられるような苦痛も……」

典子さんは「ほうか」とつぶやく。

「胃瘻造設の手術にも、ある程度の苦痛は伴いますし、オペ中は急な血圧低下など、命に関わるリスクもあります。手術の意味を理解して治療に協力できる方なら術後の安静も保てますが、そうでなければ拘束という苦痛が加わります。また、手術の傷が治る体力がない場合、胃瘻を造っても使えないまま死を迎えるケースもあります」

北島先生は、ていねいに説明を続けた。

「ご家族が後悔されないようにするのも私たちの務めです。でも、大山さんの今の状況では胃瘻造設のメリットはなく、明らかに有害です。人道的にも、とてもおすすめできません」

勇一さんは、反論せずに黙って聞いていた。

「食欲が落ちているのは、生きるのを止めつつある状態だからです。お父様は、人生の最終コーナーにさしかかろうとしています。どうかそのことを受け止めてあげてください。我々も、お父様の苦しみをできるだけ減らし、心地よく旅立てるように支えたいと考えています」

長い沈黙の時間が流れた。勇一さんは口を閉ざしてうなだれている。その傍らで典子さんが、ぺこりと頭を下げた。

「お願いいたします」

波乱含みの話し合いは終わった。母と息子はふらふらと立ち上がり、父が生を刻む病室へ行くと言った。二人が面談室を去ろうとしたとき、北島先生が勇一さんに声をかけた。

「おっと忘れ物ですよ、大事な商売道具の麺棒。買ってきたばかりの新品でしょ？　置き忘れないでくださいね」


入院してから二週間がたち、寛介さんの痰がらみはほとんどなくなった。これは、すごいことだ。

誤嚥のリスクを可能な限りゼロに近づけるため、まずは食事の提供を中止したうえで点滴による水分補給を継続した。さらに、ていねいな口腔ケアを続けて口の中を常に清潔に保ち、頻繁に体位を変換したり胸部マッサージを施したりして、排痰ケア――つまり、気道に痰がたまらないように努めたのが功を奏したのだ。その結果、寛介さんは終日、安らかに眠ったような状態が続くようになっている。

「無理に食べさせせん方がいいんやね」

朝早くにお見舞いに来た典子さんは、夫の穏やかな表情を見て、自分に言い聞かせるように言った。

それでも、やはり何か食べさせたいという気持ちは募るようだ。いったん自宅に戻り、夕方になって勇一さんと再び来院したときは、メロンを持参していた。汁だけでも飲ませたい——と言って。

「うち、前にひどい熱で四日も寝込んだことがあって。そのとき、お父さんが看病してくれてぇ、メロンをスプーンですくって食べさしてくれてぇ、力が出たがや」

典子さんの話を聞きながら、私は顔をしかめていたに違いない。また誤嚥させて苦しい思いをさせるのか、という思いを抱いたのは確かだからだ。

否定の言葉をもらうために北島先生のもとへ走った。しかし意外なことに、北島先生の答えは、「お楽しみは許可していいよ。サポートしながら、慎重にやってあげて」だった。最終的な目標は、患者さんと家族にいい最期を迎えてもらうことだから、と。

つまり、医学的にはすすめられない経口摂取だが、楽しみを分かち合う時間を持つことが、患者さんと家族の幸せにつながると考えるのだ。その希望をかなえるよう、私たちがサポートすればいい。まずはできるだけ誤嚥しないように配慮し、何かあった場合には吸引などの医療処置によって最大限のカバーをする。

勇一さんと典子さんの二人が見守る中、私は経口摂取のセッティングを始めた。

「まずは食べる準備をしますね」

最初は姿勢の調整だ。気道に食べ物や唾液が誤って入らないよう、私は寛介さんの上半身を少し起こしてクッションで固定した。次にスプーンで唇や口の中を少し刺激して、これから食べ物が入りますよという合図を体に送る。嚥下を促すための準備体操だ。舌に触れたスプーンの動きに反応して、寛介さんの喉仏が軽く上下した。よし、これならいけそうだ。

「メロン、試してみます」

典子さんが持参したシール容器を開ける。ふわっとメロンのいい香りがした。くし形にカットされた果肉を少しスプーンで押し下げ、果汁をすくう。どうか、誤嚥せずに家族の思いを味わってほしい。私は祈るような気持ちでそのスプーンを寛介さんの口元にそっと近づけた。典子さんと勇一さんが、固唾《かたず》をのんで見守っている。

寛介さんの舌が、スプーンを包み込むように動いた。わずかではあるが、唇が何度も開閉する。それは、一生懸命に飲み込もうとする姿に見えた。むせる様子はない。

「食べられたじー」

典子さんが夫の肩をさすった。

「うまいやろ、うまいやろ」

勇一さんも涙ぐんでいる。

「お父さん、うれしそう」

心なしか、寛介さんの顔がほころんでいるように見えた。家族にしてみれば、なおさらだろう。

メロンのお楽しみはうまくいったように思えた。とは言え、むせ込みの反射が起きなかっただけで、外からは見えない形で誤嚥が起きていることも多い。案の定、その日の夜中に寛介さんの痰は急激に増え、翌朝まで何度も吸引が必要だった。まさに、日中に誤嚥があった証拠だ。幸い、発熱には至らずほっとする。たった一さじの果汁ではあったが、それでも今の寛介さんにはリスクが高く、限界量だと思われた。

翌日は、勇一さんがプラスチック製の密閉容器を持参してきた。

「すみません。今日もまた親父に一口お願いしたいんですが……」

手にすっぽり収まるほどの小さな入れ物を、包むように持っている。

「連日の経口摂取は、お父様の体に大きな負担となります。できれば控えていただいた方が……」

そう言わざるを得なかった。苦しそうだった昨晩の様子も伝える。

勇一さんは黙って下を向き、小さな半透明の容器を見つめている。茶色の液体が入っていた。

「店で出しとる、そばつゆやわいね」

それを聞いてしまっては、断ることなどできなかった。

差し出されたそばつゆを受け取り、私はスプーンの背に黒茶色の液体をつけ、寛介さんの口先に触れさせた。次の瞬間、舌が動いた。メロンのときよりも、ずっと反応が強い。味わっているのが、はっきりと分かった。

「勇一、がんばっとるさかいね。お父さん、うまいやろ？　な、な？」

典子さんが寛介さんに顔を寄せ、手を強く握った。勇一さんは口を真一文字に結び、両手で目元を何度も拭っていた。その日の夕方は、寛介さんの痰の量が増えることはなかった。

自然な流れとは言え、寛介さんの痩せ方はますます顕著になった。目が落ちくぼみ、体重は三十キロを切った。

しかし――と言っていいだろうと私は思う。

その後も大山家の人々は毎日、病室を訪ねるようになった。典子さんと勇一さんに加え、忙しい学校勤務の合間を縫って朱音さんも。以前に感じた「入院慣れ」して病院に任せっきりの様子からは大きな変化だった。三人が三人とも、寛介さんとの残された時間を慈しみ、しっかりお別れをする心の準備をしているのだと感じられた。それは、家族の幸せな時間にも見えた。

「お父さん、おはよう。お見舞いに来たげん」

その日、典子さんが一人で病室を訪ねてきた。

「おはようございます。今朝はお一人ですか？」

バイタル測定を進めつつ私が尋ねると、典子さんは枕元に目をやりながら言った。

「今日は定休日やで。息子はぁ、遅うまで寝かせといてやりたいし……」

「お店の切り盛り、大変ですもんねえ」

何の気なしに口にすると、典子さんは深いため息をついた。

「息子は以前、金沢で港湾管理の仕事をしとったがや。蕎麦屋とはまったくちごう、立派なお勤めでした。それがまあ、この人の様子がいよいよおかしなってしもて。最初は、私や従業員が気づく程度のボケやったけれど、やがてお客にも分かるミスを連発するようになった。

梅セットの客に松セットを出いたときは『サービスや』で言い逃れられたけどぉ、お会計を間違えるようになったときは、どうしようかて思うた。しばらくは、私が厨房に立ったりもしたんやけど、見かねた息子が店を継ぐちゅう話になりまして……」

離れて暮らしていた勇一さんは、畑違いの仕事を辞めて長寿庵の店主になったようだ。

「ほんなわけで息子はぁ、蕎麦打ちも調理も、接客も経理も、もうほんとに素人でぇ、いまだに不慣れなままや。だけどあの子は、精一杯がんばっとる」

背後でノックの音がした。

「おはようございます」

北島先生の朝の回診だった。私は測定したばかりのバイタルを示し、先生は寛介さんの胸を聴診する。胸の下や背中の音もじっくりと確かめていた。腹部に手を乗せ、指をたたく。それから何度か圧迫し、「いいね」とつぶやいた。

「体重は落ちていますけれど、呼吸の音はいいですし、心臓の動きも安定しています。お腹の張りもなくて、痛みがあるようには見えません。何より、お楽そうな表情がすべてを物語っています。大山さんはご気分も体調も、とてもいい状態にありますよ」

先生の一つ一つの説明にうなずきを入れ、典子さんは泣き笑いのような表情になった。

「あんやとごぜーみす。本当にそうやぞ。この人、今、がんこいい顔をしとるもん。ね、お父さん、いい心持ちだって、先生に言うてあげまっしま」

自慢の眉毛をゆるやかなへの字にして、北島先生も典子さんの礼に応じる。

「ご家族の絆が今のお父さんにしてくれたんですよ」

次の日は、朱音さんが顔を見せた。夏の日が沈み、すっかり暗くなった時間帯だった。

「こんな遅くにすみません」

きっちりとしたスーツに身を包んだ朱音さんは、夕方の採用面接指導を終え、すぐに駆けつけてきたのだという。

ベッド脇のいすに腰かけ、朱音さんが寛介さんの頬に温かい蒸しタオルを当てる。瞬間、寛介さんの表情がゆるみ、わずかな笑みが浮かんだように見えた。

「お父さん、今日は気持ちよさそう」

そうして朱音さんは、しばらくの間、父親の寝息に耳を澄ましていた。濁った音のまったくない、穏やかな息遣いだった。

「食べて、むせて、苦しんで――という悪循環から、今の父は自由になった気がします」

父親の腕に手を当てたまま、朱音さんが話し始めた。

「食べること、食べていただくことって、難しいです。私が乗務していた航空会社では、『お休みになっているお客様には食事を無理におすすめしない』というのが、サービスする側のモットーでした。だけど昔は、お客様がぐっすり眠っていても、たたき起こすようにして機内食のトレーを手渡す外資系の航空会社がありましたよね」

「あこがれの職業」とされるエアラインの世界を語る朱音さんの言葉に、次の患者さんの部屋に回ろうとしていた私は、心を奪われてしまった。

「空の上の仕事って、とても神経を使われるんですね」

ふふと小さな笑みを見せ、朱音さんはうなずいた。

「私、何千、何万人ものお客様にお目にかかって、空の旅のお世話をしてきました。よく人の一生を旅にたとえることがありますけど、人生の最終ゴールに向かう航路をお供した際に、『食べ物は、もういらないよ』って体で示されるお客様がいらしたら、お食事はサーブしなくていいんじゃないか——今なら、そんなふうに思います」

父親の顔を拭いたタオルを小さくたたみつつ、朱音さんは「いろいろと弟がご迷惑をおかけして……」とつぶやいた。

「弟は最初、蕎麦屋なんて絶対に継がない、と言っていたんです。でも、帰省してダメになっている父を見て、俺がやるしかないと言ってくれて。弟が店を継いだのを父が理解できたらどんなに喜んだことか。先日、病院内で騒いでしまったのは、自分がまだ一人前になれていないという不安と焦りの裏返しだと思うんです」

しっかりとうなずいて見せる。

「分かっていますよ」

朱音さんは、二時間ほどを寛介さんと二人だけで過ごし、帰って行った。

508号室では、家族それぞれがそれぞれの方法で寛介さんに話しかけ、関わりつつ、遠くないお別れを納得しようとしていた。そんなあたたかい家族の風景が続いた。

「大山さん、このごろはご家族に囲まれてお幸せですね。では、今夜はこれで。おやすみなさい」

準夜勤の勤務が終わりに近づき、枕元で寛介さんに挨拶をして部屋を出ようとしたときだ。

「ここで、おやすみって返事したら、またびっくりさせちゃうかな?」

例によって泌尿器科の梶原先生だ。

「相変わらず、話をしない患者に話しかけてるんだ……。やっぱり君、変わってるね」

「先生! もう、おどかさないでくださいよ」

突然、私の担当する病室に入ってくるのはやめてほしい。この間の長寿庵ランチをお願いして以来、何かと声をかけられるようになってしまった。

「今日は、ちゃんとした用で来たんだよ。君ってさ、DVDなんか観る気ある?」

なんだか怪しげな言い回しだ。適当にスルーしよう。

「とにかく忙しくて……では、まだ勤務中ですので」

梶原先生の前を通り過ぎようとしたときだ。

「興味あるかなと思ったんだけど?」

DVDのケースが目の前に突き出された。

手作りのラベルだった。不格好な白衣を着た梶原先生の写真と、ポップな雰囲気の文字が印刷されている。DVDのタイトルは……。

「先生! これ、お借りします!」

自分でも驚くくらい、私は大きな声で叫んでいた。

チャンスは意外に早くやってきた。二日後の午後、508号室には勇一さん、朱音さん、典子さんの家族三人が勢ぞろいしていた。

「あの、ご一緒に観たいDVDがあるんですけど。どうです？　もしよかったら……」

「はぁ？　何でしょう」

家族三人が、けげんそうな顔をしている。何を言っているんだ、という雰囲気がありありだった。患者との限られた時間を一瞬でも無駄にしたくないと思っているに違いない。

私は病室に備え付けてあるDVDプレイヤーに梶原先生から借りたディスクを挿入した。ジャズ調の静かな曲が流れる中、画面の中央には、「蕎麦打ち体験会@長寿庵」というタイトルが浮かび上がる。

「あっ、前にお父さんが開いた会や！」

典子さんが小さく叫んだ。

長寿庵の店が映し出される。明るい日差しは夏の午後だろうか。店内をカメラが進んでいく。よく磨かれた柱やテーブルの光沢が美しく、隅々まで手入れが行き届いているのがよく分かる。

さらにカメラが先へ進むと、店の奥には神妙な面持ちの男性が五、六人、一列に並んでいた。半袖の調理用白衣と白い和帽子を身に着けている。初々しい顔つきの梶原先生の姿もあった。

それらの男性たちの前にさっそうとして立つのは、まぎれもない、508号室の主、大山寛介さんだ。映像は十五年前に撮影されたものだった。

「——蕎麦打ちは、水回し、これ、のし、切りの四工程や。中でも、粉と水を混ぜ合わせる水回しが、がんこ難しい。こいつを二、三年修業したさかいって、一人前にはなれん」

あまりていねいとは言えない、ぶっきらぼうな口調。だが、相手に何かを伝えようという寛介さんの熱い思いが感じられる。

蕎麦は農家から直接仕入れ、その日に使う分だけ石臼で細かく引くという。

「人の口に入るもんは、本物が大事や。蕎麦はいじくりまわさんこっちゃ」

寛介さんは自らふるった蕎麦粉と、つなぎの小麦粉に水を注いでいく。

「この水が、さじ一杯分多うても、生地が切れやすなる。短《みじこ》うて、かみ応えがのうなる蕎麦になる」

続く手さばきは、まさに見事だ。瞬く間に粉が一つの玉になり、寛介さんはその玉を手のひらの中に入れ、体重を乗せてこねていく。

「さすがですね」

そう言いかけたところで私は気がついた。部屋の中にいる勇一さん、朱音さん、典子さんの三人とも、大山寛介の蕎麦打ちに見入っていた。目を大きく見開いたまま、涙をはらはらと流して。

DVDには、約一時間半の動画が収められている。私は静かに508号室を後にした。

入院から一か月ほどたった日の昼前だった。

「大山さん、ご気分いかがですか」

いつものように508号室を訪ねて声をかける。なんと、寛介さんの呼吸が弱々しい。顔色もよくない。すぐにバイタルをチェックすると、血圧は最高血圧が八二と低い。酸素飽和度も九〇パーセントを切っており、呼吸不全の状態だった。即座に酸素投与を開始する。

妹尾先輩が家族に連絡してくれた。ほかの仕事をしながらも、じりじりとした時間が流れる。

三十分ほどしたところで典子さんが病室に現れた。

「お父さん！　お父さん！」

酸素マスクをした夫の手を取り、その顔をじっと見つめた。典子さんの目は赤かったが、取り乱してはいない。

病室には夏の光があふれていた。痩せて青白い顔をした寛介さんをことほぐように、その光が全身を優しく包んでいる。

「今日は八時過ぎにひげをそって、顔を蒸しタオルで拭かせてもらいました。気持ちいいですか、とお尋ねしたら、穏やかな表情を見せてくださいました。その一時間後に来たとき、それまでの顔色とはまったく違っているのに気づいて、医師に連絡しました」

私は典子さんに、寛介さんの朝の様子を伝える。

「ひげをそってくださったんですね。ありがとうございます」

落ち着いた静かな口調で典子さんは言った。すでに覚悟を決めた、そんな感じだった。

そこへ勇一さんが駆け込んできた。

「店は臨時休業の張り紙をしてきた」とか、「朱音もすぐ来るさかい」といった短い会話が親と子の間でなされ、再び二人は寛介さんの顔をじっと見つめ続ける。

「本当に残念ですが、これが最後の時間になるかもしれません。ですからどうぞ、お父様をご家族で見守ってあげてください。何かありましたら、いつでもナースコールを押してください」

私は二人に会釈して、５０８号室を後にした。去り際、やはりいつもと同じように寛介さんに言葉をかけた。

「大山さん、私はちょっと失礼しますね」

いいよ、行ってくれ。家族がいるから大丈夫……寛介さんはそんな表情だった。

それから二時間後、寛介さんは亡くなった。まさにロウソクの炎が最後にふっと消えるような感じだった。

エンゼルケアを終え、葬儀社の車で寛介さんは退院した。


その日の夜も、私はハーバー亭に向かった。店の扉を開けると同時に、鶏ガラスープのいい香りに包まれる。ざわめきのあるカウンター席、仙川先生の隣でラーメンをすすりながら、卓上にいくつも残るたばこの焦げ跡を眺める。

デザートのパイナップルを食べていると、寛介さんの家族のことが思い出された。

「緩和ケア病棟って、何もしてくれない所なんですね――。今回は、ご家族から最初にそんな言葉をぶつけられました」

仙川先生は首をすくめたかと思うと、口をへの字に曲げている。

「誤解に満ちたひとことであっても、直接言われるとこたえるでしょ」

フォークを持つ手が止まる。

「ええ。お看取りを終えてから、その言葉を思い出してしまって……。私はもっと患者さんにしてあげられたことがあったんじゃないか、なんて考えちゃいました」

仙川先生は首をかしげている。

「何をしてあげれば、よかったんだろう？」

「え？」

「そこを考えてごらん。亡くなる前にお風呂に入れてもらえた、と感謝する家族もいる。最後まで食べられた、と喜んでくれる家族もいる。それは、医療でないかもしれないけれど、ばかにすることではない。患者さんと家族が何を大切にしているのかを見つけることはすごく重要だよ」

仙川先生が言うことは、よく分かった。

「人生最後の朝のひげそりは、奥さんにとても喜んでもらえました」

そう口にして、ほんの少し気持ちが軽くなる。

「それだよ、それ。血圧が下がるかもしれない入浴や、誤嚥性肺炎を起こしかねない経口摂取、腎不全の患者に塩ラーメン——亡くなる前の最後の望みなら、リスクがあっても四角四面に禁止しないこと。それが緩和ケアの神髄だ」

氷だけが残るお冷やのグラスをカラカラと回して、仙川先生が目を細めた。

「麻世ちゃんはよくやっているよ」

仙川先生のうれしい言葉を耳にして、私は思わず目を閉じた。その瞬間、自分が金沢のバーSTATIONにいるような気がした。仙川先生や白石咲和子先生、野呂っちたちと通った、主計町《かずえまち》茶屋街に続く石段の途中にある、あの懐かしいカウンター席に。

勇一さんが『俺なら無理してでも親父に食べさす』って言ったとき、もしも野呂っちがいたら間違いなく怒ったと思う。無理に食べさせるなんて、父親を殺そうとしているのか、と。でも、食べるということは長く長寿庵を営んできた家族にとって、それほど大切なことだったとも思えてくる。

「咲和子先生なら、どう答えたでしょうね」

仙川先生はグラスを置き、ゆったりと頬づえをつく。

「何を大切にするか——という話に戻るとね、僕自身はたとえ明日、死ぬと分かっていても、自由な生き方をしたいと思っている。人生の終わりを意識したとき、生まれ故郷の風景を見続けて死にたいと思ったんだ。この町のどこを見ても、子どものころの記憶とリンクしている。あらゆる所に命が息づいていて、ドラマがある。七尾北湾に浮かぶ牡蠣棚を朝から夜まで ずっと眺めて過ごせるぜいたくは、ここに暮らしてこそだよ。幻想的な海からのメッセージが聞こえ、見ているだけで涙が出てくる。ふるさとは自分の弱さをさらけ出せる場所で、そんな所はほかにないからね」

どこで生まれるかは誰にも選べない。でも、どこで暮らしてどこで死ぬかは、自分で選んでいいはず。誰にとっても守られるべき自由だ。

「ふるさとへの思い、よく分かりました。最初は私、先生はちょっと無責任って思っちゃいました。すみません」

仙川先生がアハハと笑う。

まほろば診療所を去らないでほしい——。仙川先生にそう願ったことを私は反省した。誰もが自分の幸せを追求していいのに。

「能登」の由来は、「仙人がすべてを成し遂げ、天に登っていく場所だから」と聞いたことがある。まるで仙川先生の生き方じゃないか。

カウンターの端、少々油じみたメニューに仙川先生の手が伸びた。しばらく目を凝らしていたが、やがて興味を失ったようにメニューを置いた。

「包子《パオズ》もあるといいですね」

この店はバーSTATIONと違って、先生の大好きな「包子」がない。

「だよね」

くすりと笑って仙川先生はうなずいた。

「でも先生、今の生活って幸せですか？」

七十歳といえば、まだフルタイムで働いている医師も多い。仙川先生はどうして診療の最前線から早々に退いてしまったのだろう。退屈しているのではないか、不満はないのか。

「うん、幸せだよ」

あっけらかんとした答えが返ってきた。

「穴水町は優しいよ。ここで皆に囲まれていれば安心だ」

なんだか急に先生がうらやましくなる。いるだけで幸せになれる場所があることに。

第四章　キリコの別れ

開宴に際して、仙川先生が不思議なことを言い出した。

「人類が飢えの心配なく生きられるようになったのは、せいぜいここ百年なんだよな」

テーブルの上に並ぶのは、穴水名物のサザエづくし。まずは酢の物に箸を伸ばし、満足そうに口を動かすと、ゆっくり飲み込んだ。さらには、お造りからつぼ焼きへ。仙川先生はおいしい物を本当においしそうに食べる。その姿が感動的で、思わず見とれてしまう。

口元をおしぼりで拭った仙川先生は、ニッと笑った。

「我々は、食べ物のことを心配せずに人生を楽しめる、すごい環境に生きているんだよ。しかも能登の地は、その最高峰に位置づけられる！」

仙川先生の住む古い一軒家。畳敷きの和室に長いテーブルを二つ並べた宴会の席には、老境の男女八人が並んでいた。大半は仙川先生の小学校と中学校の元同級生たちで、毎年八月初めに互いの家を渡り歩くミニ同窓会を開いてきたとのこと。そして今夜は、仙川先生が幹事兼ホストを務めているという。

「では、我々は何を目指して人生を生きるのか？　あえて言えば、遊びであり、ワクワクするため。なのに、我々にはワクワクが足りない！」

手にした酎ハイのせいだろうか。仙川節が炸裂《さくれつ》している。

隣に座っていた女性が、「そうそう」と話に入って来た。確か名前は、高梨久美子《たかなしくみこ》さん。漁協で長く働いたと話していた人だ。

「みんなで旅行に行くか、それとも珍しい物を食いに遠出したりするかいね？」

別の女性も入って来る。五月に能登さとうみ病院で実習を始めた直後、同じこの家で会ったヘルパーの松浦羽子さんだ。

「穴水にはコンビニが四軒もあるさかい、大抵のことは間に合う。そやけどね、ワクワクっていうがは最近ないわん」

「仙ちゃん、何かおもしいこと、最近経験した？」

いつの間にか、会話の主導権は女性陣が握っている。

「ないよ。昔はね、せんべいだけで驚いたもんだけど」

「ほやほや。せんべいって言うたら塩せんべいのことやった。しょうゆのついたせんべいを見たときは驚いたわよ。せんべいが黒いって」

「ほうやった、ほうやった」と、テーブルの向こうからも笑いが起きる。

おせんべいは白に決まっているけれど、私は塩味よりもショウガと砂糖の味付けが好き。金沢名物の「柴舟《しばふね》」こそ一番ですよ——とは言い出せない。

「ホント、旅行にでも行けれあいいけどぉ、うちは足が悪いさかいねえ」

「みんなおんなじやぞ」

そう言って切り返した仙川先生も、すっかり能登弁だ。

「ここでうまい物を食べとるときが一番幸せ」

「あ、ほうや。回転寿司が能登にできたってよ」

久美子さんが、きょとんとした顔をしていた。

「普通の寿司屋とどこがちごうが？」

同じような疑問の声が次々と上がる。どうやら、回転寿司に行ったことがない人が何人もいるようだ。

「寿司の皿が回っとってぇ、好きなのを取れあいいげんよ。皿の色で値段がちごうさかい、分かりやすいし。行ってみる？」

「おもしろそう！」

「行きたい、行きたい！」

みんなの表情が生き生きとしてくる。

「あのさ俺、行ったことのある人に聞いたけどぉ、タッチパネルっていうのが使えんで往生したって聞いたげん」

壁際の男性がぽつりと口にして、皆の笑顔が急に戸惑いの表情に変わる。

「タッチパネルって何ですけ？」

しんとなった。さっきまでの勢いが一気に消えてしまった。

こんな場面でこそ、仙川先生が説明役に回ってくれないと――。

そう思って座の中心に目をやったが、先生はぐっと腕組みをして下を向いたままだ。珍しいことに酔いが回り過ぎたのか、それとも急な眠気に襲われたのか。

仙川先生が気の置けない仲間たちと飾らない話題でひとときを過ごした宴会は、そろそろお開きの時間を迎えようとしていた。


昼過ぎのことだった。

上品な装いの男女が緩和ケア病棟に入ってきた。杖をついた男性と、白髪交じりの女性だ。年齢は七十代だろうか。少し落ち着かない様子であたりをうかがっている。

初めてこの病院の緩和ケア病棟に来た人は、誰もが似たように周囲を見回すものだ。そして、「病院らしくないですね」とか「ホテルみたいですね」と言う。人生の最後を過ごす場所として、少しでも心が和らぐ環境は緩和ケア病棟の大切な要素だ。能登さとうみ病院で実習に入って約三か月、患者さんやご家族からそんな賞賛の言葉をもらうたびに、毎回、自分がほめられたようにくすぐったくなる。

「お世話になっています。古谷茂《ふるやしげる》の両親ですが、病室を教えていただけませんか？」

ナースステーションの受付に着いた二人は、穏やかな声でそう尋ねた。

「あ、古谷さんのご両親様ですか。私、担当看護師の星野麻世と申します」

５０２号室の古谷茂さんは、末期の肺癌患者だ。この一年、さまざまな治療を行ってきたものの病勢は止まらず、先週、緩和ケア病棟に入ったところだ。

年齢は四十八歳、他の患者さんよりはるかに若い。普段、緩和ケア病棟の見舞い客は、子どもや兄弟姉妹、孫が圧倒的に多い。親が見舞いに来たことで、ますます茂さんの若さを感じて胸が痛くなった。

面会受付票に名前と電話番号を記入してもらってから、非接触型の体温計を二人の額にかざす。

「まず体温をチェックさせてくださいね」

世間は忘れかけているが、新型コロナウイルスの感染予防策は、免疫力の低下した患者さんが多い病院ではまだまだ必要だ。マスクの着用も、相変わらずすべての面会者にお願いしている。

体温は二人とも三六度台前半、正常値だった。

「ご協力ありがとうございました。では、古谷さんの病室は……」

「星野さん、ちょっと待って！」

背後から鋭い声がした。

妹尾先輩がデスクの引き出しにあった面会管理ノートを開く。緩和ケア病棟に入院する各患者さんのもとへ、どこの誰が、いつ面会に来て、いつ帰ったのかが分かるように整理されている。病棟内の人の出入りを把握し、感染症対策やセキュリティーの基礎をなす台帳だが、もう一つ大きな役割があった。

「ここ、必ず確認してね」

妹尾先輩からノートを受け取り、指で示された所を見る。

それぞれの患者さんから出された「面会拒否」の希望を記した欄だった。ほとんどの患者さんは「制限なし」だが、５０１号室の前田《まえだ》一男《かずお》さんは「会社関係者は拒否」とある。「会社のライバルなんかを喜ばせたくない」と言う一男さんらしい。過去には、離婚した元ＤＶ夫のお見舞いを拒絶した患者さんや、宗教団体の関係者の名前を何人も書き連ねた患者さんもいたという。

一枚めくって５０２号室、古谷茂さんのページを開く。「友人のみ可、親族は両親も含めてすべて拒否」と書かれていた。

「うわ、両親はＮＧです……。すみません、確認不足でした」

両親を面会拒否リストに載せる患者さんは初めてだ。

私はノートを閉じると、茂さんの両親に向き直った。

「あの、大変申し訳ないのですが、患者さんが面会を希望されておりませんので……」

あまりにも気の毒で、どう伝えていいか分からず語尾を濁してしまう。

「やっぱりか……」

父親の表情は暗くなったものの、どこか覚悟していたふうでもあった。

「何とかなりませんか。実の親なんですよ。このまま帰れなんて、冷たいですね……」

父親とは違い、母親の声は悲痛さを帯びている。私は、自分が責められているように感じた。

「少しだけでいいんですが」

父親は眉を寄せた。杖を頼りにするその姿は、金沢の実家に暮らす私自身の父の弱々しい姿に重なった。ここまで来るだけでも大変だっただろう。

誰かに相談したい。お二人には少し待つよう伝え、ナースステーションの奥を見回した。妹尾先輩は看護記録を書き上げ、廊下へ出て行くところだ。

「すみません、さっきの面会拒否の件ですが。やはり、このままお帰りいただくしかないんでしょうか？」

緩和ケア病棟に入院する患者さんは、ほとんどが一か月以内に亡くなる。何かの思い違いや事務的なミスで、せっかく会えるチャンスをフイにしてしまうのが怖かった。

「念のため、患者さんの考えを確認してきていいですか？」

妹尾先輩は渋い顔をしている。

「無駄だと思うよ。でもまあ、どうしても確かめたいっていうなら止めないけど」

急ぎ足で５０２号室を訪れる。ベッドで半身を起こした茂さんは、胸元に引き寄せたテーブルにノートパソコンを置き、何かの作業をしていた。若い患者さんは、こうした病室内の風景も違う。金沢市出身、いわゆる「Ｊターン」の地方移住者で、職業は確かウェブデザイナーだ。

茂さんの肺癌は、たちの悪いものだった。

肺癌には肺腺癌、扁平《へんぺい》上皮癌、大細胞癌、そして小細胞癌の四種類があり、それぞれの悪性度が異なる。茂さんのは進行が速くて治癒しにくい小細胞肺癌というタイプで、しかも悪性度が最も高かった。一年前に見つかった時点でステージⅣ、すでに肝臓やリンパ節への転移が認められた。この病院の呼吸器内科の病棟に入院し、化学療法や放射線治療などあらゆる手が尽くされたものの、根治は困難だった。

今回、緩和ケア病棟へ移るにあたり、ご本人と病院側との話し合いで打ち出されたのは、「緩和医療のみ」という方針だ。予後は半月からもって一か月と言われている。

癌の進行で栄養を十分に吸収できず、体から毒素を排出する機能も低下するため、体重の減少や全身の倦怠感、食欲不振が見られている。

一番の問題は、肺癌の増大とそれに伴って生じた胸水によって肺が縮められ、呼吸機能が低下して息切れしやすいことだ。半分以下の容積になった肺で生きていくには、酸素吸入が必要だった。このため茂さんは、吸入装置を手放せない。

さらに苦痛をもたらしているのは持続する咳だ。肺や気管支が癌細胞に刺激されて、咳き込みが続いてしまう。コデインという弱い麻薬性の咳止めで一応落ち着いているが、完全に止めることはできない。夜間などに、時々激しい咳が聞かれた。

「あの、古谷さんのご両親が病棟にいらっしゃっていますが……」

返事がなかった。パソコンを見たままの姿勢も変わらない。茂さんはリザーバーマスクという袋付きの酸素吸入装置で高濃度の酸素を鼻から吸っている。もしかして吸気の流れる音がうるさくて聞こえなかったのだろうか。「古谷さんのご両親が来ています」と大声で繰り返した。

「拒否って書いたはずですが？」

顔を上げることもなく、茂さんからはそっけない声が返ってきた。

「あ、すみません。それは承知していますが、念のためにと思いまして」

茂さんはパソコンを閉じ、憮然とした表情で私を見た。

「看護師さん、あのリスト、僕は何のために書かされたんですか？　いちいち確認は不要ですから」

まさに正論だった。病院は患者さんの意向に従うのが原則だ。「失礼しました」と一礼し、ばつの悪い思いで部屋を出る。

ナースステーションへ引き返しながら、茂さんのご両親に「患者が拒否」と伝えるしかないと覚悟した。しかしそれは、ひどく気が重かった。

「……お待たせしました。やはりお気持ちは変わらないようです」

「何を考えているのやら」

母親が、大きくため息をついた。

「看護婦さん、あの子は昔から変わっておりまして」

その言葉を制するように、父親が「もう、放っておけ」と言葉をかぶせる。

「兄や弟は普通に育っているのですが、あの子だけなんです。おかしな子になってしもて

――」

受付の前では、ほかの患者さんのもとを訪ねるご家族の出入りが続いていた。

「お手数をおかけしますが、これ、茂に渡してください」と菓子折りを置き、二人はゆっくりと病棟を去っていった。


久しぶりに「看護婦さん」と呼ばれたなと思いながら、午後のバイタルチェックで各病室を回る。

患者さんそれぞれの体温と血圧、脈拍、呼吸数、酸素飽和度を決められた時刻に測定するのは、体の状態を複数のデータで把握し、異常を早期に発見するためだ。基礎データの変化に応じて、その日の治療方針が変更されることも多い。

病状が安定した患者さん、つまり、すぐには命の危険がなさそうな患者さんのバイタルチェックは午前と午後の二回。病状がよくない場合は頻度を増やす。基本的に心電図モニターは使わない。アラーム音がうるさく、ご家族との大切なお別れの時間の邪魔になってしまうからだ。私は、状態の悪い患者さん三人の病室を先に訪れ、続いて茂さんの部屋へ向かった。

「古谷さん、失礼します。午後のバイタルチェックに参りました」

茂さんの腕を取り、血圧計のマンシェットを巻く。一一二の六八と正常値。酸素飽和度は九七パーセント。酸素吸入の量を一リットルとカッコ付きで追記する。いずれも問題のない値だ。

「そういえば、お預かりした物がありまして……」

茂さんの両親が持参した菓子折りを差し出した。捨ててくれと言われるかもしれないが、こちらの判断で勝手に処分するわけにもいかなかった。

意外なことに茂さんは、「もなかに罪はない」と、すんなり見舞いの品を受け取った。調子のよさに思わず笑った。その直後に、バリバリ音を立てて包装紙をはがした。十五夜の月を模した銘菓がぎっしりと詰まっている。

「看護師さん、一緒に食べませんか？」

「仕事中ですから、いただけません」

笑顔のまま、私は首を左右に振る。

「あ、そだね」

茂さんも、くすりと笑って箱に蓋をした。さっきとは打って変わり、優しい雰囲気だ。

今なら大丈夫かもしれない。思い切って尋ねてみることにした。

「ご両親は、寂しそうにして帰られました。よろしいんですか？」

しつこいのは分かっている。だが、真意を知りたい。茂さんに残された日は多くない。なのに、両親と顔を合わせぬまま死んでもいいと本気で思っているのか。意地を張っているだけなら、気持ちが変わる可能性もある。最期になって後悔しないよう、もう一度だけ確かめたかった。

「親子なんですから、会っておかれた方がいいと思って……」

茂さんの頬がピクリと動いた。言い過ぎたかと思ったが、出てしまった言葉は取り消せない。

「あの二人が何を言ったか知りませんが、影響されないでください」

思いがけない言葉が返ってきた。

「え……」

「あの人たちが僕をおかしな人間扱いするのは分かっています。世間に自慢できる兄と弟はまともで、僕のことはできそこないだと決めつけていますから」

イラついた様子で茂さんはパソコンを開きかけて、再び強く閉じた。

「だから僕は、生きていくためにあの人たちと縁を切るしかなかったんです」

そこまで言うと、今度は不思議なくらいすがすがしい笑顔になった。

「今日は驚かせてしまったかもしれませんが、気持ちの区切りがつきました。おかげで、さっぱりしましたよ。あ、これ、うまいです。お仕事が終わったら、皆さんでどうぞ」

もなかの箱を、ぐいと手渡される。

「疲れたので休みます」

茂さんはそのまま布団の中に潜りこんだ。


「あのう、これは定例カンファで検討すべき課題ではない……かもしれないんですが」

翌朝に開かれたカンファレンスの最後に、私は茂さんが両親の面会を拒んだ件について報告した。どうしても他のスタッフの意見を仰ぎたかったのだ。

私の話を黙って聞いていた北島先生は、「ポイントは、『誰の意思に従うか？』だよね」と切り出した。はっきりしなかった論点が急に浮かび上がったように感じる。

「星野さんが提起してくれた問題は、日常的な面会の可否にとどまる話ではない。緩和ケア病棟では、正解のない判断を迫られることが多い。この点、イメージできない人はいますか？」

北島先生が尋ねると、今月から病棟入りしたばかりの若い研修医がおずおずと手を挙げた。

「正直でよろしい。では、重い虫垂炎の患者が運ばれて来たら、先生はどうする？」

「手術します」

自信満々の声で新人ドクターが即答した。

「そうだね。でも、患者本人が手術を拒否したら？」

「放っておくと命の危険があることを患者に説明し、納得のうえで手術を受けてもらうのが人道的だと考えます」

「うん、正解だ」

笑顔を見せた北島先生は、「では」と表情を引き締めた。

「眠るように死にたいと望む患者と、死ぬまで意識をはっきりさせてほしいと望む家族、どっちの希望を優先する？」

「それは……」と、研修医は視線を床に落とす。

「この二者択一に本質的な意味での正解はない。それでも私たちは、ふさわしい答えを常に見つけ出すよう努め、行動しなくてはならない。さて、患者と家族の意見が異なる場合、誰の意思を優先するのか。患者か、配偶者か、治療代を払ってくれる人か、あるいは遠い親戚の医療関係者か？」

失笑が起きた。最後は北島先生の皮肉だ。長いこと疎遠だった遠縁の医療関係者が最後の最後に現れ、それまで患者と近しい人とで作り上げてきた治療方針をひっくり返してしまう迷惑な事案は珍しくない。

「やはり、優先すべきは患者の意思だと思います」

研修医は自信を取り戻したような口ぶりで答えた。

「ならば、両親の面会を拒否する502号室の古谷さんのケースは？」

「仮にその患者が、『最期は群れを離れた象のように、たった一人で死にたい』と退院を申し出たとしても、それは尊重しなければならない患者の意思です。家族と会いたくないという希望は、無条件で受け入れる必要があると考えます」

若いドクターの言い回しに小さな笑みを浮かべ、北島先生はうなずいた。

「いいだろう。患者の意思を何よりも優先する――だね。確認しておくが、これは患者の意識が低下しても変わらない。患者が異を唱えられなくなったからといって、患者以外の人の希望をかなえるような行動を我々は慎まなくてはならない。拒否する元気のない患者につけ込むな。今日のカンファレンスは、この点が確認できたら結構」

いすを一斉に引く音がして、皆が持ち場に散っていく。だが、私自身は取り残された気持ちのまま立ち上がれずにいた。

茂さんが今どのような思いでいたとしても、最後の最後は、家族に見守られて旅立つ姿を何となく想像していた。それがどの患者さんにとっても幸せだと信じているし、そんな日を皆に迎えてもらえるようあれこれ考えていた。なのに、まさか病棟の医長から「拒否する元気のない患者につけ込むな」と言われるとは思いもよらなかった。けれど、本当にそれでいいのだろうか——。

朝のカンファレンスで感じた割り切れない思いは、その日の仕事が終了しても胸の中でくすぶり続けていた。

患者の希望を貫く——北島先生の考えが理論的に正しいというのは理解できる。でも直感的には、死を前にした息子に両親が会えないなんて、間違っているとしか思えなかった。

こんなときは、誰かに相談するに限る。病院を後にした私は、運河沿いの道をまっすぐに進んだ。穴水湾に面したあすなろ広場を目指す。

静かな海面を見渡すこの場所に、妹尾先輩が一度連れて行ってくれた蔵造りのカフェがある。

入り口の扉を開けた。真っ白な石造りの壁に、黒々とした梁《はり》が走るおしゃれな店内だ。エプロン姿のママさんと目が合った。

「あら」

ママさんの指さす隅っこのテーブルに妹尾先輩の姿がある。

「来ると思った……。ママ、夜カフェセットをもう一つお願い」

うっすらとほほ笑み、妹尾先輩は赤ワインのグラスを高く掲げた。

同じテーブルに着いた私は、キンキンに冷えた生ビールの力を借り、朝のカンファレンスで抱いたもやもや感を先輩に訴えた。

「頭では理解できますが、納得できません。後のことも怖いですし」

「どういうこと?」

「患者さんが亡くなったあと、家族のほとんどは感謝してくれますが、たまに理不尽なことを言ってくる方がいますよね。たとえば……」

夜カフェセットの前菜がテーブルに届く。サーモンのマリネだった。地元産の魚醤「いしる」で味つけがしてある。

「臨終に間に合わなかったのは、早く呼ばなかった病院のせいだってクレームをつけてきたご家族もいたじゃないですか」

ビールのグラスに手をかけたまま、妹尾先輩に話し続けた。

「いたいた。家族に連絡した時刻と看護記録のデータを照らし合わせて、病院に落ち度はないということになったんだよね」

「茂さんのご両親も最悪の場合、病院を訴えたり、そうでなくても残念な気持ちを抱えたまま残された人生を過ごしたりすることになるのかと。それって、気持ち悪いじゃないですか。普段は北島先生だって、『遺族ケアも大切だ』と言っているくせに……」

「まさか、星野さんは」

妹尾先輩が真面目な表情になった。

「もしも茂さんの意識が低下したら、ご家族を会わせてもいいって思ってない？」

実際にそう思っていた。お見通しだったか。

「ダメ、ですか？」

念のために確認する。

「うん、絶対にダメ」

どうして、という気持ちが拭えない。

「なぜでしょう。意識レベルの落ちた段階なら、ご両親が病室を訪ねたとしても、茂さんを精神的に苦しめることはないと思うのですが」

意識は、覚醒と認知という二つの要素から成り立つ。意識晴明な状態が失われれば、自分と外界の正確な認識はできなくなる。

「冷たい言い方かもしれません。でも茂さんはいずれ、意識を保てない時を迎えるんです」

妹尾先輩は、しばらく窓辺に目をやった。

「私なら、どうかなあ……」

そう言って、口の広いグラスに手を伸ばして天井の明かりにかざした。

「ノンアルを頼んだのに、ワインで酔わされてしまうようなものじゃないかな」

ギクリとして先輩のグラスを見る。それって、ぶどうジュースだったの？　てっきりお酒を飲んでいるとばかり思っていた。

「患者のリクエストを聞いてくれない病院に、安心して身を任せられるかな？」

そうか――。患者さんは人生最後の頼みを私たちに託した。それを勝手に違《たが》えてしまうなんて、やっぱりいけないのだ。いくら意識が低下したとしても。

「確かにそうですね。よく分かりました」

グラスの残り半分を、伏し目がちに飲んだ。少しぬるくなったビールは、いつになく苦い。

「ゆっくり飲んでなよ。私は病院に戻る用事があるから」

妹尾先輩が席を立とうとしたとき、店のママさんから声がかかった。

「ねえ、星野さん。あなた、能登の夏は初めてよね。お休みの日に妹尾ちゃんと一緒に手伝ってもらいたいことがあるんだけど。頼めない？　お、ま、つ、り――」


高気圧に覆われた空は、どこまでも晴れ渡っていた。八月に入って以来、能登半島の広い範囲で厳しい暑さが続いている。

その日は朝から茂さんの咳がひどかった。タッピングやマッサージで排痰を促し、吸引をしたが、いつものようには効果が出なかった。

食欲が落ちた茂さんには、アイスクリームやプリンといった口当たりが良く、するっと喉を通りやすいものをおすすめする。「甘い物なんて、昔は好きじゃなかったのになあ」と言いながら、茂さんはいろいろな味のアイスクリームを食べてくれた。

午後になり、502号室に藤堂広樹《とうどうひろき》さんという男性が見舞いに来た。年齢は茂さんと同じくらい。その名前は、茂さんが緩和ケア病棟に入院する際の「保証人」として登録されていた。だが、ご本人が病棟に姿を見せるのは初めてだ。

「茂がお世話になっています」

笑顔のさわやかな男性だった。今朝、羽田発のフライトで能登入りし、町役場に立ち寄ってから来たという。

念には念を入れて面会管理ノートをチェックするが、この来訪者との面会に関しては何の条件もついていなかった。

平熱であることを体温計で確認し、502号室へ案内する。

広樹さんが部屋に入ったとたん、ベッドで半身を起こしていた茂さんは自分の顔から酸素マスクをむしり取った。二人は無言で見つめ合って抱擁し、キスを交わした。いつもはベッドでけだるそうに横になっていることの多い茂さんだが、今はしっかりとした姿勢で広樹さんの背中に手を回している。だが、茂さんはすぐに酸素マスクを口に当てた。溺れかけた人が水面に顔を出したときのように、肩で何度も息をしつつ、反対側の手で広樹さんに抱きついたままだった。

一体、何が起きているのか？　男同士の友情――というものではないということだけは感じたものの、私は事態を理解できずにいた。

ただ、とにかく今は二人だけにすべき時間なのだと察した。「酸素マスクは外さないでください」と声をかけるのが精一杯で、逃げるように早足で部屋を後にした。ナースステーションに戻っても、まだ胸がドキドキしている。

ナースステーションの大テーブルでは、ファイルを広げるメガネの医療事務員、栗田さんの姿があった。茂さんのカルテの一部を差し替えるのだという。

「古谷茂から、藤堂茂になったんだって」

妹尾先輩が耳打ちしてくれた。

「え？　藤堂って、さっきの人の苗字ですよね」

二人は今日、養子縁組の手続きをしたのだという。年齢は同じだが、広樹さんの方が三か月年上で、戸籍上は茂さんが養子に入った形だ。同性カップルは民法の規定で婚姻届が受理されないため、パートナーとの間で養子縁組を結んで法律上の家族になるケースがあるとは前にも聞いたことがあった。

「これまでも、こちらの藤堂広樹さんが入院時の保証人でしたけど、戸籍が同じになったことで、患者さんに何かあった場合、関連する事務手続きや遺産の相続など、すべてを問題なく執り行えるようになりました」

栗田さんはてきぱきとファイリングしながら私たちに説明してくれた。

現場にとっても大きな変更点がある。能登さとうみ病院では、現在も続く新型コロナウイルスの感染対策で、親族を伴わない友人・知人による面会は一時間までに制限しているが、患者さんの親族であれば時間は無制限に許可される。役所での手続きを経て、広樹さんが晴れて手にしたボーナスだ。

ところが広樹さんは、一時間もせずに５０２号室から出てきた。

「すみません、ちょっと食事を済ませてからまた来ます。朝から何も食べずにいたものですから。茂、午後にまた来るから」

広樹さんはそう言って元気よく部屋を出て行った。

昼休み、近くのドラッグストアから病棟に戻る途中で広樹さんに会った。病院の裏手にある、小高い丘を眺めながらサンドイッチを食べていた。

目が合うと、広樹さんはニコッと笑った。

「お昼休憩ですか？」

「はい。ちょっと買い物に」

私は白いレジ袋をゆらゆらさせる。

「いい場所にありますね、この病院は」

広樹さんの見ている丘の方へ目を向けた。石造りの参道が、緑豊かな古寺へと続いている。

「以前、僕と茂は、東京タワーの真下にあるオフィスで机を並べてたんです。会社で茂はポツンと孤立しているようなやつだった。それがいつのころからか、昼休みに近くのお寺の境内を二人で散歩するようになって……。そこにはね、色鮮やかな風車を持った水子地蔵が千体以上もあるんですよ。怖いっていうより、にぎやかだったなあ。今思い出しても、楽しい気持ちになる」

懐かしそうな目をした広樹さんは、「僕は、茂が男だからじゃない、茂だから好きになったんです」と言った。

金沢出身の茂さんと東京生まれの広樹さんは、ともに大学卒業後、港区芝公園にあるIT関連企業でSEとして働き、互いになくてはならない存在となった。しかし、あまりのハードワークに茂さんは心身が疲弊してしまい、退職を決意する。職場の人間関係も原因の一つだった。「広樹以外の同僚に、自分は受け入れられていない」と、ため息をつくのが常だったという。

「故郷の石川県で穏やかに暮らしたい」

そんな思いから茂さんは、町の移住定住サポート窓口を通じて穴水町を選び、単身で移り住んだ。五年前のことだ。

穴水町にはまだIT化が進んでいない職場が多い。高齢者が多いうえ、小さな商店や民宿、漁業組合などは、さまざまなIT関連の業務が手付かずの状態にあった。ウェブデザイナーとして独立した茂さんには、ホームページの作成依頼から簡単なシステムの構築まで、仕事の注文が殺到したという。

「誰も来ない草原でいくらでも花を摘んでいられる状態だ、なあんて茂は言ってました。もう少し落ち着いたら、能登で一緒に暮らそう。二人でそう話し合っていたんです」

なのに、一年前に肺癌が見つかった――。

「治る可能性をあきらめるな、がんばれと茂に言い続けてきました。でもあるとき、『これ以上の治療は苦しいよ。生まれ変わったらもっとがんばるから……ごめん広樹』と言ってきた。そんなことを言わせてしまったなんて、僕は茂を追い詰めていたのかもしれない。ありえませんよね。まだあんなに若いのに」

広樹さんが唇をかむ。無念な気持ちがひしひしと伝わってきた。


502号室の窓辺のカーテンを引き、強すぎる日光に少し遠慮してもらう。昼食を終えた茂さんは、パソコンをテーブルに載せて何かの作業中だった。食事のトレーは脇に押しやられている。

まずはトレーを下げ、食べた量をチェックする。主食も副菜も三分の一程度だった。私が食事量をメモしている間も、カタカタとパソコンのキーをたたく音がする。仕事をしている場合だろうか、と思う。今はしっかり栄養を取ることが体力保持のために大切なのに。

「お忙しそうですね」

それとなく声をかける。

「よそ者の僕を信頼し、せっかく回してくれた大事な仕事を、こっちの都合でできませんと突っ返すのが心苦しくって」

茂さんは、食事だけでなく仕事も大切なのだと、どこか弁解めいた応じ方をした。

申し訳なかった――トレーを下げるとき、メモをするとき、声をかけるとき、私の態度のどこかに「食事量が少ない」と非難するようなところがなかったか。食べられない患者さんの気持ちこそ理解しなければならないのに。

ふと、広樹さんとの会話を思い出した。

「聞きましたよ。この町でのお仕事、引っ張りだこなんですってね」

茂さんは目を閉じて苦笑した。

「最初から稼ごうと思って来たわけじゃないんです。能登半島といえば、輪島市、珠洲《すず》市、能登町ばかりが目立ってますよね。アピール不足で知名度の低い穴水町が歯がゆかった。ITを活用すれば、少しは穴水を売り出すことができる、役に立てるとも思ったんですよ」

茂さんの呼吸が少し速くなっているような気がした。すぐに午後のバイタルチェックを行う。やはり呼吸はやや速めだ。けれど、その他の項目は体温三六・六度、脈拍七二、血圧は一一〇の六四、酸素飽和度は九七パーセント（酸素一リットル）と、平時とほぼ変わらなかった。バイタルサインに変化がないということにまずほっとする。

「故郷を離れて暮らしたからこそ、石川のよさ、能登のよさを実感しました。東京で働き始めたころは、東京の人らしく振る舞うことにあくせくしたな……。地方出身者だと気づかれたくなくて、自分を隠していました」

「へえ、そうなんですか。私は東京で暮らしたことがないからよく分からないのですが」

茂さんの口元に再び笑みが浮かんだ。東京での忘れられないこと、幸せを感じたことなどがいくつも思い起こされるのだろう。

「それがね、ある日、ユーチューブで、手作りの料理を発信したのがウケたんです。トロトロの温泉卵を載せたステーキ丼や、アオサの味噌汁、ポテトサラダにイワシのいしるをぶっかけただけの小鉢などなど、簡単でおいしい能登の男メシ。それがウケた。石川県以外の人からも」

そこまで話すと、茂さんは何度か咳払いをした。

呼吸が速いのは、しゃべり続けているのと、少し痰が絡んでいるせいかもしれない。

「苦しくないですか？　痰を吸引しましょうか」

茂さんは、手を左右に振った。「大丈夫です。それでね……」と、まだ話を続ける余裕がありそうだ。特に苦痛の表情もなく、そのまま経過を観察する。

「自分の感性をそのまま出したら、それをいいと言ってくれる人がいた。自分らしさを否定せずに素直に出すことで、人が僕を受け入れてくれる。興味を持ってくれる。もう自分にダメ出しをしなくていい、ありのままでいい。それ以来、僕はそう思うようになったんです」

相槌を打ちつつ、茂さんの尿バッグの尿量と性状を確認した。きれいな淡黄色で、量も問題ない。

「広樹と一緒に、自分たちの新しい人生を作ろうと思って、だからこの町に……」

広樹さんもいずれは東京の会社を辞め、穴水に住むと決意した。二人は、「能登半島といえば穴水」と言われるために何をすればいいか、暇さえあれば企画やアイディアを出し合ったという。

静かな穴水の海を生かして、海の上を滑るサップ体験。冬の間は使われないイカ漁船の水槽でイカ釣りを体験し、焼いて食べさせる遊覧漁船。ボラ待ちやぐらに登れるツアー。能登半島を知らない人たちに町の魅力を印象づける壮大な作戦――ゲーム感覚でいくつもの企画を考え、いよいよ本格的に各方面と交渉を始めようとしていた矢先だった。

「体験こそが人を引き付けると肌で感じていたので、そういうドキドキわくわくするプロジェクトをやろうって話をするのに夢中でした。『穴水体験プロジェクト』が二人の合言葉でしてね」

一年前に肺癌の宣告を受けたときは、それほど深刻に考えなかったという。

「少し前から妙に疲れやすいと思っていたけど、そうか、癌だったのか、と納得するような感じもありました。それに、今はいい薬があって、癌は治せる時代だから問題ないと思ったりもして。なのに……」

何と応じていいか分からなかった。しばらく見つめたまま、「おつらかったでしょうね」と言葉を継ぐ。それから「今、痛みなどはありませんか？」と、いつもの質問をした。

「体、の痛みはないですよ」

そんな言い方をして、茂さんはため息をついた。

痛みや吐き気、息切れといった予想される肉体の変化については、あらかじめ医師から指示が出ている。だから、苦痛を取り除くための対応が確実にできる。けれど、患者さんの精神的な苦痛については、医師からの処方はない。しっかり傾聴すればいいと妹尾先輩には言われるが、何もしてあげられない自分がふがいなく、胸が苦しかった。

「今思うとバカみたいなんですけどね、自分は癌に負けないし、大丈夫だと信じ切っていました。それが、いつの間にかこんなに痩せてしまって、やはり現実を受け入れるしかないと思っています。あとは、僕以上にショックを受けている広樹のことだけが心配で。僕が死んだあと、くれぐれも広樹をよろしくお願いします」

茂さんの最後の言葉はかすれていた。

「お食事が進まなかったようですので、水分は多めに飲んでくださいね。あ、もしも飲みづらいようでしたら、水分補給の点滴をしますよ。喉の渇きはいかがでしょうか？」

少しでも長く安定した時間を。広樹さんのためにも。そんな思いが頭を巡る。

「ありがとうございます。水分、しっかり取ります。大丈夫ですよ」

茂さんの答えにうなずき、歯ブラシと水の入ったコップ、口をゆすいだ水を捨てる膿盆《のうぼん》やタオルなどをテーブルの端にそっと置く。

「……口腔ケアのセット、こちらに用意しますね。終わりましたらナースコールしてください。また参ります」

そう言って私は足音を立てて茂さんに背を向けた。自分の声がかすれているのを気づかれないように。

広樹さんがお見舞いに来た翌日のことだ。茂さんの状態が大きく変化した。背中に激しい痛みが出現したのだ。

原因として二つのことが考えられた。一つは癌が背中側の胸膜に広がり、そこの神経を刺激して起きる症状。もう一つは、癌が背骨に転移しているために生じる痛みだ。

いずれも肺癌の進行に伴って起きうるが、きちんと精査して原因を特定すれば、より確実な疼痛コントロールにつなげられる。胸膜への浸潤による痛みなら神経ブロックや医療用麻薬の増量、骨転移には放射線照射を考える必要がある。

「これから検査室にお連れしますね」

肺癌の状態を確認するためにCT検査が組まれた。茂さんがベッドから車いすに移乗するのを手伝う。数日前より自力で立つ力が落ちており、ほぼ全体重がこちらにかかってきた。私は両足を開き、ぐっと踏ん張る。荷重は思ったほどではなかった。茂さんの病気の進行を痛いほど感じる。

茂さんの車いすをゆっくり押しながら、ここで言わなければと意を決した。

「あの、先日のことですが、ご両親との面会の件で、私の考えを押し付けてしまってごめんなさい」

背中越しに、頭を下げる。あえて蒸し返すことはなかったかもしれないが、どうしても伝えておきたかった。茂さんと広樹さんの思いをじっくりと聞き、互いの気持ちを尊重し合う関係に心打たれたから。

「よくあることです、気にしないで。僕ね、逃げるのは生き延びる作戦として悪くないと思っているんですよ。学校や会社でも、いじめやパワハラから逃げるっていうのは解決策の一つですよね。家族の虐待から逃げるのも、生きるためには当然あっていい。でも、親から逃げたことがない人には、なかなか分からない感覚です」

時々咳き込みながらではあったが、茂さんの声は穏やかだった。悲しみや苦しみなど、さまざまな葛藤を経験した末の心境なのだろう。

「僕の考える家族というのは、互いに尊重し合える間柄です。どんなに非常識で不完全でも、大切に愛される存在でありたいというのが理想です。生物学的な僕の家族は、残念ながらそういう関係ではなかった。僕にとって家族と言えるのは広樹だけです。広樹と会えて、僕は初めて『生きていていいんだ』と思えたし、心の安らぎを覚えました」

「でもそうは言っても、ご両親も……」

やはり親と子の間では、深いところでつながる愛情があるはずだ。私は心のどこかでまだそう思っていた。

「アリバイ作りですよ」

茂さんの口調が少し強くなった。

「完璧な親のふりをしたかったのでしょう。こっちは情けをかけたのに、悪いのは拒否した息子の方だと」

ひどく咳き込んだ。しゃべることも、咳を誘発しているに違いない。残念ながらこういう場合は薬もほとんど効かず、安静にしているほかない。そのことは本人もよく分かっているようで、ほんの短い間だけ口を閉じた。けれど少し落ち着くと、茂さんは再び話し始めた。

「僕は、無条件に愛される子どもではなかったのですよ」

幼いころから、特に父親の言動には過敏に生きてきたという。

家の中での一人遊びを好んだ。しかし、それを父に見つかるたびに「男らしく生きろ」と叱られ、大好きだった人形やぬいぐるみを捨てられた。CDで男声コーラスを聴いていたら、理由も言わず足蹴にされた。近視でメガネをかけたときは、「動物界なら、お前は真っ先に食われるダメな生き物だ」と言われた。視力をこれ以上落とさないようにと、母からは読書を禁じられた。ことごとく自分のやりたいことを否定され、自分は何をすれば叱られないのかと、常におどおどしていた。親の顔色をうかがい、親が気に入るような行動をすることに一生懸命になっていた。

「でもね、それも十五歳まででした」

高校一年生のとき、茂さんは自分が同性愛者であると確信し、家族に告げた。本当の自分を隠さなければならないのは苦しく、家族は自分を理解してくれるという期待もあった。

しかし、両親は「やっぱり」とため息をついた。母親は「気持ち悪い」と目をそらし、父親は「認めない、出て行け。財産はお前には渡さない」と宣言した。「兄や弟はちゃんと育ったのだから、お前が変になったのは、私たちのせいじゃない」とも言われた。

好きだった人形も、ぬいぐるみも、CDも、愛読書も失ってきた。最後に茂さんは、父と母の愛情も完全に失ったのを悟ったという。

「いやあ、キツかったですね」

ところが茂さんは、それをまるでクラブ活動で先輩が厳しかったとでもいうような、軽い思い出話のように語った。心理的虐待と経済的虐待、子どもの立場としては生きるのがつらいと感じたとしてもおかしくないのに。

以後は実家を出て、金沢の郊外に住む祖父母に育ててもらった。十八歳から三十年、両親に会っていない。祖父が亡くなったときは、「両親に会いたくない」という一心で葬式にも出なかった。兄から電話が来て、大人げないとか、優しくないとか、感謝が足りないとか、何度もののしられたという。

「冗談じゃないですよね。虐待チームのメンバーに、優しくない、だなんて言われたくないですよ」

茂さんは、自分を否定する人たちから全力で逃げてきたのだ。それが唯一、生きていく方法だった。自ら両親を捨てたのも、少しでも心の傷を浅くする手立てだったのだろう。

乾いた笑い声を立てた茂さんは、また咳き込み始めた。

私は茂さんの背中をさすりつつ、「ちょっと安静にしましょう」と声をかける。酸素飽和度を測定すると、九二パーセントに低下していた。酸素ボンベの流量を二リットルから三リットルに上げる。

「人生の最後は、家族に見守られて死ぬのが幸せ？　まさか！　そんなの、決めつけないでほしい」

怒りを帯びた茂さんの声に力がこもる。普段は穏やかなので珍しかった。

「動けなくなった体で、嫌いな人にジロジロ見られて死ぬなんて、落ち着きませんよ。どうか、心穏やかなままでいさせてください」

茂さんの最後の願いは、安らかな気持ちで死にたい、それだけだった。その思いはよく分かる。しかし、私にはさらに、どうしても言っておきたいことがあった。

「心穏やか、だけでいいんでしょうか？」

「……え？」

エレベーターで一階に下り、長い廊下を進んでCT検査室の前に到着した。車いすに乗った茂さんは、意味が分からないという顔を肩越しに向けてきた。

「ドキドキわくわくの、穴水体験プロジェクトはどうなりました？　広樹さんと盛んに話し合われたというのに、途中で放り出してしまうんですか？」


八月十五日は、あっという間に巡ってきた。

「ちょっとお、広樹さん！　何やってんですか、もうすぐ出陣ですよ！」

午前八時半、穴水町の東端にある恵比寿神社の境内。私は広樹さんに、やきもきして声をかける。小型カメラをヘッドストラップで頭に装着した広樹さんは、マイクテストを繰り返してばかりいた。

「ほーい！」

広樹さんは軽く手を上げ、キリコの下へと走っていった。

「ふっ、広樹のやつ、最高に張り切ってるな」

私の傍らで、茂さんが笑う。神社の道路脇に停めたリクライニング型の車いすにゆったりと体を預けた茂さんが、広樹さんを目で追っていた。車いすの背には酸素ボンベがセットされ、茂さんはリザーバーマスクで酸素を吸っている。残量に問題はない。介護タクシーにはさらに予備のボンベもあるから大丈夫だ。

キリコ――高さ六メートルもある巨大な直方体の灯籠だ。お祭りの主役である神輿《みこし》を照らす「ご神灯」としての役割がある。

神輿とキリコは、それぞれ多くの人々の手によって担がれる。神輿一基に対して、数基のキリコが周囲を照らす。この例祭はサポート役である巨大なご神灯の方が目立つのが特徴で、「キリコ祭り」という名で能登半島に長く根づいている。青森のねぶた、秋田の竿燈《かんとう》、富山の夜高《よたか》などとよく似た伝統を残すものの、キリコ祭りだけの特徴もあるという。

「それは、毎日のように祭りがある――ということ。すごいでしょ。夏から秋にかけて、能登半島の一帯、百か所以上あるどこかの地域でキリコ祭りが行われている。だから連日、どこかの祭りに参加できるんだよ」

仙川先生の得意げな言葉が、私の頭にこびりついていた。

そして今日は、いよいよ穴水町のキリコ祭りの日だった。キリコを海の中へと担ぎ出し、豊漁と海の安全を祈願する。海に入るという特徴的なキリコ祭りは「沖波大漁祭り」と名付けられている。多くのキリコ祭りが夜間に行われる中で、明るい時間帯に行われるのも珍しいらしい。

「ヤッサイ、ヤッサイ、ヤッサカ、ヤッサイ！」

午前九時前。神社の境内で舞い始めた一基のキリコが、威勢のいい掛け声と太鼓の音にはやされて、海を目指して進んで行く。十人、いや二十人近くいる担ぎ手の男たちに、広樹さんも法被《はっぴ》姿で加わっていた。

そのキリコが目の前を通り過ぎる。木製の火の見やぐらに見立てた意匠で、提灯《ちょうちん》で美しく装飾されていた。車いすにもたれかかる茂さんが「すごいな」という声とともに大きなため息を漏らす。

「そろそろ我々もスタートしましょう」

いつもの制帽をかぶった久保田さんの合図に、私と妹尾先輩が大きくうなずき返した。そばには介護タクシーが待機している。

リクライニング型車いすの患者さんの扱いには、細心の注意が必要だ。私と久保田さんだけでは不安だったが、妹尾先輩が一緒にいれば鬼に金棒だ。

ハッチバックが開けられ、茂さんが乗車する。久保田さんのアシストも手慣れたものだった。

「では久保田さん、スタートお願いします」

介護タクシーが走り出すのと同時に、茂さんが合図する。

「はい。車はこれから立戸《たつと》の浜《はま》海水浴場へ向けて移動します。遠浅の浜辺で知られる人気スポットで、ここに五基のキリコが集結して、大海原へ分け入って行きます」

車内アナウンスをしながらハンドルを握る久保田さん。その姿や外の風景を茂さんは首掛け型のストラップに装着した小型カメラで撮影し始める。いよいよ始まった——私も胸の高鳴りを感じた。

蔵カフェのママさんに、「星野さんに、手伝ってもらいたいことがあるんだけど」と声をかけられたのが始まりだった。あの夜から約二週間、沖波大漁祭りの準備に私は少しだけ参加させてもらった。八月十四、十五日の祭礼に向け、多くの人々によって倉庫からの運び出しやキリコの組み立て作業が行われる。私と妹尾先輩は、作業に携わる人たちに握り飯や味噌汁を振る舞う炊き出しの手伝いをした。

「よそ者」が地域のお祭りにちょっぴり触れる体験、程度に思っていた。けれど準備に携わるうちに私は、予想もしなかった印象を抱くようになった。

それは、人だった。

このお祭りには、地域に長く住む高齢者や青年団の人たちに交じって、金沢市やさらに遠い県西南部の小松市などから何十人もの若い大学生たちが、学年や専門や通うキャンパスを超えて、多数参加していた。いわゆる「帰省者」という存在も多かった。炊き出しの最中に雑談をしていると、「俺、生まれは穴水だけど、今は東京で働いてます。この祭りの準備のために有休取って帰ってきたんです！」という声をあちこちで聞いた。

よそ者も地元民も帰省者も、老いも若きも、男も女も、ゆかりの有無も、すべて超越した人々の集まりだった。両親や兄弟との埋まらぬ溝や、職場での人間関係に悩んできた茂さんが、人生の終末期に、この輪に加わるのはとても自然なことだ。そう思うと、いてもたってもいられなくなり、私は広樹さんと茂さんにお祭りへの参加を呼びかけた。

二人の行動は素早かった。迫真の映像と、生の体験を合わせて、キリコ祭りの興奮と感動をしっかりと記録する計画が進んだ。一生に一度、この夏限りのドキドキわくわくの穴水体験プロジェクトという形で——。

午前十時前、海岸線の道路沿いにある住戸の庭に車は到着した。あらかじめ久保田さんと私とで手配した貴重な駐車スペース。ここで茂さんの車いすを降ろして潮風の道を少し進み、立戸の浜辺を間近に望むスポットを目指す。

そのときだ。広樹さんが担ぎ手に加わったキリコが、絶妙なタイミングで私たちの目の前に現れた。

「ヤッサイ、ヤッサイ、ヤッサカ、ヤッサイ！」

茂さんの車いすの正面。乱舞するような動きを見せて、キリコは浜辺へ進む。続く二基目、三基目のキリコも、リクライニング姿勢の茂さんに豪快な練り歩きを披露してくれた。やがて勢ぞろいした五基のキリコは、水しぶきを上げて海の中へ入って行く。まさしくそれは、壮麗で感動的な風景だった。

「広樹、すごい、すごいよ。ここに来られて本当によかった。広樹と……」

打ち鳴らされる太鼓の音にかき消され、私には茂さんの最後の言葉がよく聞こえなかった。


それから六日後の早朝だった。

突然、茂さんの血圧が下がった。手足の力がだらりと抜けている。血圧は上が六六で、下は測定不可能だった。七〇を切れば脳への血流が減ってしまい、六〇以下では命に関わる。何度も血圧を測り直すが、同じだった。

二日前から茂さんは、呼吸困難感を取るために医療用麻薬を増量していた。おかげで表情は穏やかで、苦しそうな様子はない。ただ、いつ亡くなってもおかしくない状況だった。

「古谷さん！　分かりますか」

かすかにうなずき、小声で何か答える。目を開けてはくれない。すぐにインカムで妹尾先輩を呼んだ。

「５０２号室、古谷さんが急変です！」

茂さんの脈が弱くなっていく。予想されていたこととは言え、足がすくむ。

飛んできた妹尾先輩が一目で状態を察知し、北島先生を呼び出すと同時に広樹さんにも連絡を入れた。ここ数日、夜間は病室に泊まり続けていた広樹さんだが、昨晩は珍しく不在だった。茂さんの家で仕事をしていたという。

間を置かず、北島先生が現れた。ただ、この期に及んでの救命処置は意味がない。苦痛が最小限になるよう見守る中、茂さんの顔色はどんどん白っぽくなっていった。

ほどなくして広樹さんが到着した。どれほど取り乱すかと心配したが、ベッドに横たわる茂さんを冷静な目で見つめている。

茂さんの顔から表情が消えた。

早朝の急変から約三時間。夏の太陽が一層の力強さを増そうとした午前九時過ぎ、茂さんの呼吸が止まった。502号室の空気が張り詰める。

最後の診察のため、私は茂さんの胸元をそっと開けた。北島先生がそこに聴診器を当て、心音と呼吸音がないことを確認する。瞼《まぶた》を上げてペンライトで照らし、瞳孔が反応しないことも確認した。

「午前九時十八分、ご臨終です」

北島先生が茂さんに一礼する。同時に私たち看護師も、広樹さんと茂さんに向かって深々と頭を下げた。長い一日の始まりに、若すぎる人が逝った。

茂さんの体から酸素マスクや点滴など、もはや必要のないものをできるだけ取り外す。少しでも自然な姿でご家族との最後の時間を過ごしてもらいたかった。そのあと、エンゼルケアをして葬儀社へつなぐ予定だ。

「しげ……茂……」

広樹さんは茂さんの手を握りしめたまま、しばらく動こうとしなかった。

「ゆっくりお別れしてください」

事務手続きが多少遅れても、問題はない。広樹さんにとって今のこの時間は永遠に戻らない、貴重な時間なのだ。私自身にとっても思いの深い別れだった。

部屋を出ようとすると、広樹さんに声をかけられた。

「茂は幸せだったんでしょうか。僕なんかが……」

ふと、私の胸の奥で茂さんの最後の言葉が浮かんだ。

「今朝方、急変時のことです。私、枕元で茂さんに『古谷さん』って呼びかけてしまったんです。そうしたら、『僕は藤堂です』ってお返事がありました。お体の力が抜けて、呼吸をするのもつらい中で、最後の力を振り絞って答えてくださった言葉です」

広樹さんは茂さんの手に額を当て、うなるようにつぶやいた。

「もっと一緒に生きたかった……」

体の芯を突き刺すような低い声だった。熱いものがこみ上げてくる。

「また参ります」

涙腺が崩壊する前に、私は足早に502号室を後にした。

能登さとうみ病院気付

緩和ケア病棟看護婦・ホシノ様

前略　このたびは息子、古谷茂が世話になりまして、大変ありがとうございました。過日、茂の葬儀が滞りなく執り行われた旨、藤堂広樹様よりご連絡をいただきました。墓所も決まり次第、お知らせ下さるとのことでした。

私共への連絡につきましては、ホシノ様のお口添えがあったと伺いました。厚く御礼申し上げます。お名前の字が分からずカナ書きをどうぞお許しください。

ご厚情に深く感謝しております。取り急ぎ書中にて失礼致します。

草々

古谷勲《いさお》・祥子《しょうこ》

追伸

去る八月十五日のキリコ祭りでは、ホシノ様にお教えいただいた穴水町の海水浴場を訪ね、茂の姿を見ることができました。はるかな遠目とは言え、あの子の姿を目に焼き付けることができたのは、我々にとりまして何ものにも代えがたい幸せです。あたたかなご配慮を賜りまして、本当にありがとうございました。

あすなろ広場から穴水湾を望む蔵造りのカフェは、午後八時を過ぎて少し混み始めた。湾は波の音も聞こえないほどの静けさだが、店内は人々のざわめきが満ちている。

私は茂さんの両親からもらった手紙をそっと折りたたみ、封筒に戻した。

「――全国各地で人々が追悼と鎮魂の思いを新たにし、『忘れてはならない日』を心に刻む中、能登半島のここ穴水町では、一年で最もにぎやかな一日を迎えます。それが、五基のキリコが海に入ってみそぎを受ける沖波大漁祭りです」

生ビールのグラスを傾けながら、スマホでユーチューブの動画を眺める。声の主は、「ひろ」こと藤堂広樹さんだ。神社から浜辺への道を豪壮なキリコが勇ましく進んでゆく。その様子を、車いすの茂さんとキリコの担ぎ手の広樹さんという二つの視点から捉え、追い、迫った約十分間の映像だった。「ひろ・げる@穴水体験プロジェクト」というタイトルで数日前に公開され、視聴回数は日に日に増えている。

迷いつつもコメントを投稿したところ、その内容からすぐに私であると気づいた広樹さんから返信があった。

「今回の動画は、茂が亡くなる前の晩に徹夜で編集したもので、ほんとの意味で二人の合作です。星野さんには本当にお世話になりました！」

この病院に来てから、患者さんのご家族にＳＮＳで連絡をもらうなんて初めてだ。とてもうれしい。

「はい、夜カフェセットの前菜ね」

そう言ってママさんがテーブルに小皿を置く。今夜のセットの前菜はツナとオニオンの和え物。味付け用の魚醤は、いつものイワシではなくイカのいしるを使っているという。

エプロン姿のママさんは、私のスマホをのぞき込んだ。

「それそれ、その動画。結構評判いいみたいね。ちょっと響一郎《きょういちろう》！　この動画、あんたらも見ただろ？」

隣のテーブルでハイボールを飲んでいた四人組が、こちらに顔を寄せてくる。そのうち三人とは私も面識があった。キリコ祭りの手伝いでほんの少し顔を合わせただけなのに、この町とそこに暮らす人々は、もう家族のような近しい存在に感じられた。

「おお、東京の藤堂さんな。いい担ぎしとったよ」

「なんか、パートナーと穴水で暮らすって言うとったような……」

四人組の話は続いていく。話題の中心になっているのは、この町に薄い縁しかなかった患者さんとそのご家族なのに……。不思議な感覚だった。手元のグラスはいつの間にか空になり、私もハイボールに乗り換えたくなった。

「それにしても仙川のやつ、遅いですね」

仙川先生の元同級生が、トイレから戻って来た。あのキリコ祭りで付近一帯が大混雑する中、庭先に介護タクシーを停めさせてくれた人だ。そのお礼に、「蔵カフェでごちそうしたい」と私が申し出て、八時から三人で食事する予定だった。

約束の時間をもう三十分も過ぎている。

茂さんのご両親の手紙に添えられていたもなかを、時間稼ぎに元同級生さんへ差し出した。

そのとき、ポケットの中でスマホが振動した。確認するとショートメッセージが届いている。

〈ごめん、行けなくなった〉

仙川先生からだった。

「やだ、仙川先生、ドタキャンですって！」

元同級生さんも苦笑いをして、「あいつらしい」とつぶやいた。

「仙川はマイペースで、どこか不思議な発想をするやつでしてね」

小学二年生のとき、隣町にできた新しい公営プールに二人で行くことになったという。そのとき仙川先生はタクシーに乗ろうと言い出した。

「僕にとっては初めてのタクシー体験でしてね。新しいプールよりも、ずっとドキドキしましたよ」

小学生の仙川先生がタクシーに乗る姿を想像して噴き出した。

「タクシーの運転手さんもびっくりしたでしょうね」

「そうなんですよ。小学生だけですから、そりゃ驚きますよね。ほかにもね……」

元同級生さんと二人の食事会は、仙川先生の子どものころの暴露話に終始した。

第五章　内浦の凪《なぎ》

能登さとうみ病院に来て五か月がたち、十月を迎えた。

緩和ケア病棟で看護の実践を積みながら、夢中でいろいろなことを吸収した。初めは病棟のどこに何があるのかすら分からなかったのに、今は病棟を離れても広い病院内で迷子になることなく、体が自由に動く。つらい痛みを抱える患者さんのために何をなすべきか、どのように寄り添う必要があるのか、何をどうすればその先の仕事がスムーズに進むか——という複合的なタスクにも向き合える。

今月から配属になった新人看護師からの質問にも、要領よく答えられた。

「もう、すっかりベテランの雰囲気ね」

妹尾先輩に冷やかされながらも、自分自身の成長を感じられるのはうれしいことだ。もっともっと活躍して有終の美を飾ろうと張り切る。

早朝のカンファレンスの最中だった。緩和ケア病棟に膵臓癌ターミナルの患者さんが入院してくるというアナウンスがあった。

患者さんは外来の待合室で具合が悪くなり、緊急入院になったという。午前九時からの外来に七時半に来ていたとのことで、自宅で苦しくなったか、大きな体調変化があったに違いない。

早速、患者さんのプロフィールを確かめた。

「え……嘘でしょう」

年齢は七十歳、性別は男性、名前は仙川徹さん——信じたくないが、仙川先生だった。

入院担当の安岡先生とともに会議室を抜け出す。奥歯をかみしめながら、病棟に向かって走った。

緩和ケア病棟のナースステーションには、普段見かけない看護師がいた。外来診療のカルテを開き、病棟の受け持ち看護師に申し送りをしている。

「……加賀大学附属病院で膵臓癌ステージⅣbの診断を三月に受け、その時点で余命三〜六か月の状態でした。四月より穴水町に転居されて当院の緩和ケア外来、北島先生の所に通院中。同時にまた、院の地域医療連携室で顧問をされていました」

衝撃で足が震えた。なんと、仙川先生は穴水町で最初から癌の終末期を過ごしていたというのか。

「通院中の処方薬は、疼痛緩和として医療用麻薬が中心になっており……」

外来担当の看護師による申し送りは続くが、頭に入ってこない。本当に、本当に仙川先生なのか。居てもいられず、505号室、仙川先生の部屋へ向かった。

病室の入り口には、「仙川徹」の名札がある。また「嘘でしょ」とつぶやいてしまった。

それだけで涙ぐみそうになる。

「いっせーの、せ」

病室からは、夜勤明けの看護師や介護士たちの声が聞こえてきた。患者さんを外来のストレッチャーから病棟のベッドに移らせたところのようだ。

深呼吸をした。何とか気持ちを落ち着かせて病室に入る。

ベッドの上にいたのは、やはり仙川先生だった。目を閉じ、スタッフに取り囲まれて、されるがままになっている。

スタッフはそれぞれ仙川先生に病衣を着せたり、枕の高さを調節したりと忙しく、私に注意を向けようとはしない。チラリと目の端に入ったとしても、日勤の看護師が早めに来て情報収集しているという程度にしか認識しないだろう。

バタバタと足音を立てて安岡先生が病室に入って来た。

「バイタルは？」

ポケットから聴診器を取り出しつつ、夜勤明けの看護師に報告を求める。

「体温三六・八度、血圧一一〇の五二、脈拍八二、呼吸数二四、酸素飽和度は酸素二リットルで九四です」

仙川先生の様子を観察していた安岡先生はうなずいた。

「仙川先生、担当させていただきます安岡です。外来待合室で気を失い、いすから崩れ落ちました。覚えていらっしゃいますか？」

仙川先生は一瞬目を開けたが、再び閉じてしまった。

安岡先生は仙川先生の胸から腹にかけて聴診器を当て、続いて腹部を手で押す。仙川先生の顔が苦しそうにゆがんだ。

安岡先生はベッドの枕元に顔を近づけた。

「検査と点滴をさせていただきますね」

仙川先生がうなずいたかどうかは、はっきりしない。ポータブルのレントゲンや心電図、血液検査と続き、点滴が開始された。

そろそろ日勤の勤務時間が始まる。私はその場を離れ、いったんナースステーションへ向かった。

朝の申し送りを終え、再び仙川先生の505号室に戻る。点滴や尿道カテーテルがつながれた仙川先生は、一気に病人らしくなっていた。シリンジポンプによるモルヒネの注入も開始されている。

いすの上でだらしなく寝そべる仙川先生の姿は何度も見てきた。けれど、布団にくるまれてベッドに行儀よく体を横たえるシルエットは、別人のようだった。

「仙川先生、星野です」

返事はなく、静かな寝息が聞こえる。モルヒネの量も多くなっていたから、眠気は副作用によるものだろう。いつもより青白い顔で表情も乏しいが、その分、苦しそうな様子も見られない。呼吸音は安らかで、胸も規則正しく上下していた。せっかく苦痛が消えて眠れるようになったタイミングで揺り起こして挨拶するわけにはいかず、そっと部屋を後にする。

ナースステーションでは、安岡先生がパソコンの前で仙川先生の画像検査と血液検査の結果に目を凝らしていた。仙川先生の容態はどうなのか？　現在の病状と今後の見通しについて、詳しいところを安岡先生に聞きたい。できれば一刻も早く。ただ、集中しているところに声をかけるのははばかられた。私は仕方なく手元のメモを開き、各病室で測定したバイタルサインの転記を先に進める。

ふと安岡先生が顔を上げて目が合った。

「あ、星野さん、北島先生が来たら僕をコールしてくれる？　聞きたいことがあるから」

よかった。声をかけてくれたので、こちらからも尋ねやすくなった。

「状態はいかがでしょう？」

患者名も、何号室かも言わなかった。とても口にできなかった。

「思ったほど悪くはなかったよ」

安心したように安岡先生は言った。それからバイタル表を見つめる。酸素飽和度は九五パーセントと記載されていた。

「低酸素状態も安定してきたね。一時的な変化かな。九六パーセント以上になったら少しずつ酸素量を下げて、問題なければオフにしていいからね」

患者の状態が不安定になると、看護師だけでなく医師の仕事は格段に増える。患者の病状が安定するのは医師にとっても助かることだ。安岡先生はいつになく機嫌がよさそうだったので、もう少し質問を重ねてみることにした。

「膵臓癌の末期ですが、現段階で何か注意することがありますでしょうか？」

担当医に看護の指示を仰ぐ形で尋ねる。今の仙川先生の状態をもっと知りたかった。

「そうだな。半年前に膵臓癌と診断されたときから胸水があって、それが徐々に増えている。呼吸困難が悪化する可能性が高いから、呼吸状態に気をつけておいて。あと、痛みの様子も頼む。医療用麻薬のチェンジについて、北島先生の考えも聞いて検討する予定だから」

安岡先生の医療用スマホが鳴った。外来で呼ばれたらしい。またも別の患者さんが入院してくるようだ。

昼休みになり、真っ先に自分のスマホを握って病院の外へ出る。まほろば診療所に電話をするためだ。白石先生に報告しなくては。

事務の亮子《りょうこ》さんが出る。

「星野さん、お元気ですか。もう岩牡蠣は食べましたか？」

まほろば診療所へは月に一回は実習報告の電話を入れており、いつもは亮子さんとも長々と雑談していた。だが今回はそういうわけにはいかなかった。

「ごめん、急いでいるの。白石先生、いる？」

白石先生の「もしもし」という声が聞こえる。

「白石先生！　仙川先生が入院しました！　今朝、今、私のいる、能登さとうみ病院の、しかも緩和ケア病棟に……」

「落ち着いて、麻世ちゃん。大丈夫よ、教えてくれてありがとう」

白石先生は驚く様子もない。もしかして、知っていたのか。

「どうして、どうして……」

それだけを言うと、嗚咽で声が続かなくなった。どうして仙川先生が膵臓癌の末期なのか。どうしてそんな大事なことを秘密にしていたのか。知らなかったのは私だけだったのか。どうして、という思いでいっぱいだった。

「突然聞かされて、つらいわよね。実は、病気のことは誰にも言わないでほしいと仙川先生が希望されたの。後から知れば周囲の人のショックはかえって大きくなると私は反対したけれど、仙川先生はそこだけは譲ってくれなかった。だから、知っていたのは能登さとうみ病院の大山院長と主治医の北島先生、そして私だけ。……ちょっと待ってね。後ろでみんなが驚いているから」

白石先生の声が遠くなった。診療所にいるスタッフに仙川先生の病名や入院の事実を説明しているようだ。野呂っちの「聞いていませんよ」という大きな声がこちらにまで聞こえてくる。

「お待たせ、麻世ちゃん。ごめんなさいね。いくら仙川先生の希望とは言え、こんな重大なこと、私も胸にしまっておくのは正直しんどかった。それ以上に、仙川先生のご体調も心配で……」

それで分かった。だから白石先生は私を能登さとうみ病院の実習に来させたのだ。私の緩和ケアの勉強のためと言ったけれど、それに加えて仙川先生の見守り役として私を送り込んだのだ。利用されたとか、だまされたとか、そんな思いは少しもない。むしろ、幸せを感じた。白石先生の信頼の証しのようでうれしかった。

そうと知ったからには、めそめそしている場合ではない、と思った。

「白石先生、安心してください。これからも何か変化があったらすぐにご報告します」

私は精一杯、明るい声で言った。すると、今度は受話器の向こうから嗚咽が聞こえてきた。

「まずは第一報です。また、電話します！」

あわてて通話を終了する。そうでなければ、一緒になって泣いてしまいそうだった。


その日の夕方、看護助手の悲鳴がした。行ってみると、仙川先生が505号室の前でしゃがみこんでいた。

「どうしたんですか！」

廊下にうずくまった仙川先生の体を観察する。足の痛みはなく、頭の打撲もなさそうだ。すでに酸素はオフとなり、酸素マスクは外していた。点滴によるモルヒネの投与もいったん中止となっていたから、自由に動ける状態ではあった。尿道からつながるバッグはベッドから取り外し、ズボンの中に入れている。

「誰かの咳き込む声が聞こえたから……」

何でもないことのように仙川先生は答える。

どうやら、ほかの病室の様子が心配になって見に行こうとして、力尽きてしまったらしい。看護助手と二人で体を支えて立たせようとしたものの、重くてなかなか持ち上げられなかった。

「足の筋力が弱ったなぁ」

筋力の低下だけでなく、腹水もかなりたまっている。それが邪魔になって、うまく膝を曲げられないようだ。

ついこの間まで自由に釣りに行ったり、町なかで食事をしたり、お仲間とにぎやかに騒いだりしていたのに。仙川先生の足腰が短期間でこれほど衰えてしまうとは私にとっても驚きであり、ショックだった。

病棟の備品庫から車いすを運び出し、傍らで開く。看護助手と二人で仙川先生の脇を支え、「せーの」と座らせた。

今度は何とかうまくいき、車いすで505号室の中へと移動する。

ベッドに横になってもらった状態で、改めてバイタルチェックを行う。驚いたことに午前中とは打って変わってデータが安定していた。仙川先生の体調はいいようだ。医療用麻薬の種類を変更したのがよかったのか。ほっとすると同時に、少し腹が立ってきた。

「今後はベッドから出るとき、必ずナースコールしてくださいね。転んだら危ないですから。モニターを勝手に切るのも困ります」

一つ間違えば、大変なことになっていたはずだ。

「分かった、分かった」

本当に分かっているのか。もし点滴が入っていたら、針も抜きかねない。

「絶対に、ですよ」

念押しをする。

「大丈夫だって、言ってるでしょ」

そんなやり取りをしたところで気がついた。私は看護師として、患者さんへの挨拶もなしに話を始めていた。

「すみません、先生。こちらの病室は、私、星野が担当させていただきます」

「……うん、世話かけて悪いね」

これまでのこと、病気のこと、これからのこと――。確かめたい事柄はたくさんあったけれど、何も言葉にできなかった。ひとたびそれらを口にすれば、「どうして」と仙川先生を責める言葉が口をついて出てくるに違いない。

今はまだやめておこう。体調が落ち着き、安楽に過ごせるように配慮することが最優先だ。

「どうぞよろしくお願いします」

すべてを飲み込んでそう言い、そっとため息をついた。仙川先生の口からも、小さなため息が漏れた。

「こちらこそよろしくお願いします」

仙川先生はそう答えると、静かに目を閉じた。

その後は小康状態が訪れた。点滴や酸素マスクなどの「付属物」は、一つまた一つと体の周囲から消えていき、仙川先生は苦痛のない毎日を過ごせるようになった。

「星野さん、すぐに505号室へ!」

呼ばれていくと、仙川先生が洗面台の前で仰向けに倒れていた。緩和ケア病棟に最も多くのスタッフがそろっている平日の午後二時半。油断していたわけではない。だが、まさかこんなタイミングで転倒事故を起こしてくれるとは。

「先生! 大丈夫ですか」

後頭部を確認する。出血はなかった。

「大丈夫、大丈夫」

尻餅をついた勢いで、コロンと後ろにひっくり返ってしまったのだという。

「ベッドから降りるときは呼んでくださいって、あんなに言ったじゃないですか!」

つい責めるような口調になってしまう。患者さんを転ばせたのは、安全対策ができていなかった看護側の責任でもある。

「ごめんごめん。手を洗うくらいなら一人でできると思って」

仙川先生はそれほど悪びれた様子もなかった。その軽さに、二度あることは三度あるという言葉が頭をよぎる。赤外線で体の動きを感知する離床センサーをベッドに取り付けた方がよさそうだ。それも早い方がいい。

ひとまず先生を助け起こし、洗面台の前に置いたいすに座り直してもらう。ぬるめの湯が蛇口から出てきたのを確認し、仙川先生の手にせっけんの泡を載せた。続いて顔を洗い、歯ブラシに歯磨き粉をつける。最後に電気シェーバーを渡した。高い周波数の金属音が部屋中に響く。

その音を聞きながらベッドの周りを整頓し、離床センサーの設置を進めた。

「ああ、さっぱりした」

顎や頬をなで回し、仙川先生はすごくうれしそうにしている。久しぶりに見る表情だった。ひげを当たって洗顔するだけで、男性はこんなにも幸せな気分になるのか。

「すみません、これで安全対策をさせていただきました」

ベッドの柵に取り付けた赤外線ビームの送信機を指す。

「うん、分かった。まさか、自分にセンサーがつくとは思わなかったよ」

仙川先生は力なく笑った。

「いいえ、お互いさまの思いやりですよ」

患者さんが自分の能力を過信したり、状況に対する理解が不足したりすると、不慮の事故を招く恐れが大きく増す。そうしたリスクを未然に防ぐ手立てとして各種センサーの開発と設置が進み、患者さんの事故の減少と看護師の負担軽減の両方につながっている。私はそれを、相互の「思いやり」だと考えている。

「離床される際は、念のためナースコールも押してくださいね。センサーで体の動きを拾いきれないこともありますから」

仙川先生は「そうだね」とうなずいた。

「人に迷惑をかける自分を受け入れる。なかなか難しいもんだ。僕はそこまで落ちちゃったのかな」

「一時的なものだと思いますよ」

努めて明るい声で返しながら、そんなふうに思わせてしまったことを申し訳なく思う。

それからというもの、仙川先生はちゃんとナースコールを押してくれるようになった。

午後四時を回ったころ、この日何度目かのコールがあった。

仙川先生は、スタッフの介助を受けてベッドを降りる。そうして部屋にある二、三メートル先のトイレに行く。終了後に再びコールし、私たちの手を支えにベッドへ戻る。

たったこれだけの動きだが、息切れがひどかった。ベッドにたどりつくと、しばらく肩で息をし続ける。まるでマラソンランナーがゴールで倒れ込んだようだった。

腹水ばかりか胸にも水がたまり、そのために肺の一部が押しつぶされて機能しない。大腿部が細く、体を支える筋力は著しく失われている。ほんの何歩か歩くだけのことが、今の仙川先生にとっては重労働になっていた。

窓辺から見える夕焼けを眺めつつ、私は落日の近いことを意識せずにはいられなかった。

「そろそろ、おむつにしませんか？」

さらりと尋ねてみた。

「そうしてみようかな」

すぐに答えが返ってきた。嫌がるかもしれないと思ったが、受け入れてくれた。

普通の患者さんや家族が相手なら「おむつ」という言葉を使わず、「リハビリパンツ」とか「ケアパンツ」とか「介護パンツ」とか「使い捨ての下着」とか、遠回しな表現で着用を促すのが常だ。しかし、そんなオブラートでくるんだ言葉は仙川先生にはむしろ失礼だと感じた。

こちらの提案をすぐに了承した仙川先生は、それだけトイレに行くのが大変だったのだろう。もっと早くすすめてあげればよかった。これも患者さんと医療者の双方にとって、互いの思いやりに関係するデリケートな事柄だ。

ただ、おむつにしたからといって、すべての問題が解決するわけではなかった。仙川先生は、横になった姿勢での排泄がどうしてもできなかった。便は出せるが、排尿ができない。下腹部がパンパンに張ってきても、排尿できなかった。見るからに苦しそうだ。

担当の安岡先生に報告する。

「またバルーンを入れるしかないな」

バルーンとは、尿道カテーテルのことだ。尿道から膀胱に挿入したチューブは、そのままでは自然に抜けてしまう。そこで、先端にある風船状のストッパーを膨らませることによって膀胱内にとどまらせる仕組みになっている。入院時は意識状態も悪かったので、有無を言わさず挿入されていた。けれど今回は違う。患者への配慮が必要だ。

「仙川先生、おしっこの管を入れさせてもらってもいいでしょうか？」

一般の患者さんに向けた口調で安岡先生が依頼する。仙川先生は口元をゆがめたものの素直にうなずいた。

「仕方ないよね。でも、動きづらくて嫌なんだよ、あれが入っていると。なるべく早く取ってね」

痛いから嫌だという男性患者さんは多い。だが、仙川先生の場合は癌に対する痛み止めがしっかりと効いているせいか、そうではなかった。むしろカテーテルで動きが制限されることの方が不快なようだ。

「十二フレンチの留置セット、持ってきて」

患者さんの了承を得たことで、安岡先生から指示が出る。尿道カテーテルと尿をためるプラスチックバッグ、挿入のための消毒液や手袋などが一体となった尿管留置セットを私はナースステーションから持ってきた。これで仙川先生の悩みが一つ解消される。そう思うと私は悲しさより安堵感の方が強かった。

医師が尿道カテーテルを挿入するのを補助するのは看護師の役目だ。

「すみませんが少し腰を上げてください」

処置の前にズボンを下げるため、私はほかの患者さんに対するのと同じように声をかけた。今は仙川先生を一人の患者さんとしか見ていない。安岡先生のフォローを抜かりなく行うには、余計なことを考えている余裕はなかった。

安岡先生は留置セットの袋を破り、手慣れた調子で滅菌手袋を着ける。

「ここ、持っていて」

私はカテーテルの先端とは逆の端を持ち、宙で支えた。尿道カテーテルを汚染させないようにするためだ。雑菌を膀胱の中に押し込んでしまうと尿路感染の原因を作る。絶対に気を抜けない。

安岡先生は、消毒液で亀頭の消毒を開始する。その間、口径は四ミリに満たないのに長さが三十センチほどあるシリコン製の尿道カテーテルは、私のわずかな手の震えで小刻みに揺れた。先端がどこにも触れないよう、息を止めて動きを抑える。

消毒を終えた安岡先生が揺れるカテーテルをキャッチした。続いてその先端に麻酔薬入りのゼリーをつける。私は安岡先生の操作を邪魔しないよう、カテーテルを引っ張り過ぎず、かといって、ゆるめ過ぎないよう術者の動きに合わせ、ちょうどいいテンションで持ち続ける。

「はい、力を抜いてくださいね。ふーっと息をゆっくり吐いてください」

安岡先生の言葉に仙川先生は大きく息を吐いた。ペニスの先端に尿道カテーテルが入っていく。

「その調子ですよ。ふーっ」

するするとカテーテルを挿入していた安岡先生の手が突然、ピタリと止まった。前立腺に挟まれた部分の尿道は狭く、カテーテルが通りにくいのだ。しかも仙川先生の場合は尿で膀胱がいっぱいになっており、より狭くなっていると思われた。ここを突破するには、ひたすら患者さんに力を抜いてもらい、狭くなった道を広げることだ。

「力を抜きましょう。ふーっ、ふーっ。もうちょっとですよ。ふーっ」

私も仙川先生の腕をなでながら、一緒に深呼吸をする。七回目に深く大きく息を吐いたところで、するりとカテーテルが移動した。

「よしっ」

安岡先生が口にしたのと同時に、私の手元の尿道カテーテルにまで黄色い液体が勢いよく流れ出てきた。管がきちんと膀胱に入った証拠だ。

「やった！」

思わず私も声が出る。

ここでカテーテルが抜け落ちてはならない。カテーテル先端のバルーンを膨らませて固定するため、用意しておいた注射器に手を伸ばした。すでに生理食塩水が一〇ミリリットル入っている。

「固定していいでしょうか」

安岡先生の許可を得て、私は生理食塩水でバルーンを膨らませた。安岡先生がわずかに尿道カテーテルを引いて、抜けなくなっていることを確かめる。これで膀胱内の留置が完了だ。

「あとはよろしく」

安岡先生は滅菌手袋を外すと、病室を出て行った。

下半身をむき出しにしたままの仙川先生と二人きりになる。急に恥ずかしくなった。もちろん表情には出さない。淡々と、いつもの処置を続けるだけだと自分に言い聞かせる。尿道カテーテルが動いて不快にならないよう、バンソウコウで腹部に留めて、ズボンを上げる。蓄尿バッグはベッドの脇にぶら下げた。

「お疲れさまでした」

仙川先生は何も答えず、目を閉じていた。恥ずかしいのだろうか。だが、実際に疲れもあったはずだ。尿を出せずに苦しい時間を過ごしたのだから。

その後、一リットル近い量の尿が出た。一般的に膀胱の最大容量は四〇〇ミリリットル程度だから、かなり苦しかったに違いない。

「ああ、楽になった。ありがとう」

次に様子を見に行ったとき、仙川先生はほっとした表情で言った。

「よかったです。もっと早く安岡先生に報告すればよかったですね」

苦痛を減らすために、体につなぐ管はできるだけ少ない方がいい。それが緩和ケアの基本中の基本だ。ただ、患者さんの状態によっては別の対応が必要となる。要は、どちらがより苦痛が少ないか？　ケースバイケース、オーダーメイドのケアが求められる。

そこへ北島先生が回診に来た。病室に入ったところで立ち止まり、仙川先生に鋭いまなざしを向けたかと思うと、すぐに笑顔になって問いかけた。

「仙川先生、いかがですか？」

「何も問題ありません。おかげで助かりました」

明るい声に彩られた答えを耳にしたはずなのに、北島先生は眉間にしわを寄せている。

私はひどく落ち着かず、立ち尽くすしかなかった。仙川徹先生と北島和人先生。ここまで私をさまざまに導いてくれた二人の医師が、命を託す立場と預かる立場となって、同じ病室の中で向き合っている。

この二人がいれば、奇跡が起きたって不思議はない——。

そんなマンガみたいな空想は、浮かんだ瞬間に喉の奥でぷちんとはじける。北島先生にも仙川先生にも聞こえないくらいの、小さな小さなため息が出た。

「……無理なさらず、何でもお伝えください。我々は先生のためにいるのですから」

ベッドに横になったまま仙川先生はうなずくと、北島先生に向けて拝むように両手を合わせた。

私も心から祈った。奇跡の夢物語を、ではない。せめて、この穏やかな時間が少しでも長く続きますように、と。

北島先生は深く一礼すると、静かに病室を出て行った。

「ゆっくりと崖から落ちていっているみたいだなあ」

ベッドの向こうから仙川先生のつぶやきが聞こえてきた。体の機能が徐々に落ちていくのを自覚するのは、死に向かっていく自分を感じて怖いに違いない。

私は何と言って応じればいいのか。一つでも苦しさが減ってよかった、そんな言葉しか思い浮かばない。

「先生が苦しいと、私も苦しいです。どうか、何かあったらいつでも呼んでください」

朗らかな声を作り、そう言うのが精一杯だった。


翌朝、仙川先生はスッキリした表情になっていた。

「いつもありがとう。今日もよろしくね」

私の顔を見たとたん、開口一番にそう言った。

「ああ、さすがに五階からの眺めは最高だなあ。あの大海の静かなことよ」

ベッドに半身を起こし、目に入る窓外の風景を堪能している。先生の穏やかな心持ちが私にもたっぷり伝わってきた。

さまざまな患者さんがいる。ひどく沈んだり、イライラしたりする人もいれば、仙川先生のように晴れやかで幸せそうな人もいる。誰もが決して体調がいいわけではないのに、この違いは何なのだろう。

「どうすれば先生のように、入院中も楽しそうにしていられるんですか？」

まずはベッドの上で病衣を脱いでもらい、朝の清拭《せいしき》を始める。電子レンジで温めたホットタオルを人肌に冷まして、首から拭き始めた。

「楽しそうに見える？」

「はい。いつもですよ」

まほろば診療所で仕事をしているときもそうだった。あまりにも能天気に見えてイライラしたこともある。けれど、この先生の醸し出す和やかな雰囲気にどれほど助けられてきたことか。

「ふふ」

仙川先生はちょっと含み笑いをした。

「決心したからね」

「はい？」

ホットタオルで背中を拭きながら、すべてを聞き漏らすまいと耳をそばだてる。

「何があっても機嫌よく生きる、って決心したんだよ」

そういうことか。幸せになるのは、決めるかどうかの問題なのか。

考えてみれば、世の中から心配事が消えてしまうはずがない。放っておけば、いつも何かを憂えたり、取り越し苦労をしたりして、心も体も疲れ果ててしまう。だからこそ意志の力で、機嫌よくいるぞ、と自分をコントロールしなければならないのか――。

「機嫌よく生きる、と決心」

仙川先生の言葉を繰り返す。

「あとは、死ぬまで成長、かな」

仙川先生は、しみじみと言った。これもまた、意外なひとことだった。

「さらに成長、ですか？」

「そうだよ。人間、年を取ったり病気になったりすれば、できないことが次々に増えてくる。そんなできない自分を受け入れるには、心の成長が必要だからね」

できない自分を受け入れる――言うほど簡単ではない。それは、ナースコールでいちいち助けを求めたり、おむつを受け入れたりすることだから。人生の終盤には、こんな試練が待っているのか。嘆息する思いで耳を傾ける。

「最後にね、『これも人生の味わいだ』と現状を楽しむこと」

なんと、不完全な自分を受け入れて、さらにそれも人生の味わいとして楽しむ――そこまでいくのか。命を誰かに託す身となったら、私もこういう心境で日々を過ごしたい。

「お顔用をどうぞ」

新しいホットタオルを仙川先生に渡す。人生哲学の師は「うー、気持ちいい」と言いながら、湯気の立つ真っ白いパイル織に顔を押し付けた。

緩和ケア病棟への入院から十日目を迎えた。この日は、朝から仙川先生がそわそわしている。いや、私自身も、だ。

今日は白石先生がお見舞いに来る予定だった。昼前に車で金沢を出発したと連絡があった。のと里山海道から穴水インターチェンジで高速を降りれば、午後二時には病院に到着する。もう、間もなくのはずだ。

そんなとき、５０５号室からナースコールがあった。

「私、行きます！」

真っ先に声を上げて、部屋に駆け付ける。仙川先生のことだ。いつもの病衣ではなく普通の洋服に着替えたいとか、売店でまほろばのみんなへのお土産を買ってきてほしいとか、例によって予想外のことを言い出すのではないだろうか。

ドアを開けると――部屋の中には、便臭がこもっていた。

「ああ、麻世ちゃんか……」

そう言って、仙川先生は口をつぐんだ。おむつを交換してほしいとは言いづらいに違いない。こんなときほど、淡々と作業する方がいい。それに、時間はあまりない。すぐにヘルプを呼び、ベテランの看護助手にも来てもらった。

「では、交換してきれいにさせていただきますね」

こうした状況では、「汚れたおむつを」とは口にしない。「きれいに」という言葉を強調し、作業の開始を患者さんに受け入れてもらうことに努める。

思った通り、下痢をしていた。膵臓癌になると膵臓から出る消化液が減少し、消化不良が起きてしまうために下痢しやすくなるものだ。

「すみません、お体を横に」

いつもと同じくにシステマチックに手を動かす。仙川先生の体を左右に転がすようにして、看護助手とともにシャワーボトルで汚染部を洗い上げた。腹水で著しく膨らんだお腹が痛々しい。肌は黄色味を帯びている。黄疸の影響だ。大きくなった膵臓癌が胆管を圧迫して胆汁が血液中に漏れ出たのだろう。これも深刻な変化だが、どうしようもなかった。

「はい、きれいになりましたよ」

ここまでの作業に約七分。最後に掛け布団をきちんと戻し、完全に換気するために窓を開けた。普段そこまでは必要ないが、大事な見舞い客がやって来る今日は特別だ。

ベッド上のケアを終えた後、テーブルに置かれた吸い飲みを手に取り、水がきちんと入っていることを確かめる。下痢をすると脱水になりやすいので注意しなければならない。

「何か温かいお飲み物はいかがですか？」

水より、もっと喉を通りやすい物の方がいいだろうと思って尋ねた。

「ありがとう。じゃあ、ぬるめの熱燗を頼むよ」

仙川先生は表情をゆるめた。看護助手がクスクス笑う。冗談だと思ったのだろう。

「あとで、夕食のときにご用意しますね」

そう答えると、看護助手は目を丸くした。本気だと気づいたようだ。

「ほかに、何かできることはありませんか？　食べたい物とか、買ってきますよ」

仙川先生の顔は、頬骨が目立つようになった。先ほど出された昼食にはほとんど手をつけられていない。

「白石先生にお茶菓子を。それと北島先生に、薬の増量を頼んでおいてよ。腹から背中にかけて痛くて」

薬とは、医療用麻薬のことだ。膵臓癌が大きくなると、下痢だけでなく黄疸や食欲不振、みぞおちから背中にかけて重苦しい痛みが出やすい。

「モルヒネからフェンタニルに変更してもらって、ずいぶん楽になったよ。でも、もうちょっと増やしてもらってもいいかもしれない。眠くなるのを心配してくれるのはありがたいが、痛みの方がつらくてね」

医療用麻薬の効果と副作用のバランスという専門的な事柄を巡って、患者さんの側から思いが示されるのを新鮮な気持ちで聞く。

膵臓癌の痛みは相当に苦しいものだが、仙川先生のリクエストは「肩が痛いから湿布を多めに出してよ」という程度の言い方だった。きっと、痛みはまだそれほどでもないに違いない。それなら北島先生にすぐに報告せず、もうちょっと訴えが強くなってから伝えてもいいかもしれない。いや、やっぱり報告すべきか――。

こんなふうに逡巡《しゅんじゅん》してしまうのは、怖いからだと気づいている。

患者さんの訴えを自分の所で止めておくのはもちろん間違っている。本来はすぐに報告しなければならない。けれど、そうすれば北島先生は即座に増量を決めるに違いない。仙川先生はすでに大量の医療用麻薬を使っている。これ以上増やしたら、ずっと眠った状態になってしまうのではないか。それが怖かった。

「お茶のお供は和菓子にしますね。白石先生、あんこ系がお好きですから」

私はそれだけを仙川先生に告げ、５０５号室を後にした。

病院の総合受付からナースステーションに連絡が入った。「白石咲和子さんが病院に見えました」という。予定の午後二時より三十分も早い。仙川先生の清拭を終えたタイミングで、本当によかったと思う。

朝からひげをそり、髪も整えていた。仙川先生が最もダンディに見える寝間着も着ている。白石先生には、威厳のある仙川先生の姿を見せたかった。それが、この病院の緩和ケア病棟で患者、仙川徹さんのケアを担当する看護師である私の役割だ。

白石先生を迎えるため一階へと走った。先生とは本当に久しぶりの再会だ。

階段を駆け下り、病院の正面玄関を目指す。白石先生はいつもと変わらない上品な笑みを浮かべてロビーに立っていた。その姿を見ただけで泣きそうになる。胸元には大きな花束を抱えている。それがまた、悲しかった。

「あ、麻世ちゃん」

私を見つけると、白石先生はうれしそうな顔で手を振った。

「白石先生……」

半泣きの声になってしまう。胸にしまっていた思いが一気にあふれそうだった。自分はこんなにも不安で悲しかったのか。

白石先生がそっと肩を抱いてくれた。

「ありがとうね。仙川先生と一緒にいてくれて」

耳元に湿った声が届き、もう涙が抑えられなくなった。白石先生も泣いている。それに気づき、今は私がしっかりしなければ、と思った。

「すみません、もう大丈夫です」

白石先生から体を離し、私は小さく頭を下げる。身に着けた能登さとうみ病院のナース服が目の端に入り、役目を果たせと自分を叱咤する。

「仙川先生の病室にご案内します」

エレベーターで五階に上がる間、白石先生はハンカチで目を押さえていた。病室の前に着いたときには、いつもの優しい笑みをたたえた白石先生にすっかり戻っていた。

「こんにちは、仙川先生。白石です」

仙川先生のベッドを白石先生がのぞき込んだ。一瞬、言葉を失った様子だった。

「咲和ちゃん、ちょっと痩せたんじゃない？」

先手を打ったのは仙川先生だった。思ったことを一足早く言われ、白石先生が噴き出す。

「やだ、仙川先生ってば相変わらずね。そりゃあ少しは痩せますよ。だって先生がいらっしゃらなくて、責任重大なんですから」

笑いながら白石先生は花束と手土産を差し出した。

「これ、まほろば診療所のみんなからです。こっちは、バーＳＴＡＴＩＯＮの包子。野呂先生が買ってきてくれたのよ」

「うれしいなあ。ありがとう。野呂君はがんばってる？」

仙川先生はお土産の紙袋を引き寄せ、匂いをかぐ。

「野呂先生、このごろ急に頼もしくなったのよ」

待ってましたとばかりに白石先生は話し始めた。

「この間なんか、お寺の近くに住んでいる秋山《あきやま》さんがね、脳梗塞を起こしたの。野呂先生がさっと行って加賀大附属病院に運んでくれたから助かったけど、あと三十分遅れていたら治療できなかったかもしれない。おかげで今はぴんぴんしてるのよ。秋山さん、覚えているでしょ？　あの大きな柿の木がある家の」

いつになく白石先生が饒舌《じょうぜつ》だ。

「ああ、あそこの家の柿はおいしいんだけど、収穫できる年とそうじゃない年があったよね」

「そうそう。柿って不思議よね。収穫できた年は、まほろばにもたくさん持って来てくれたわよね」

「柿はさ、熟してトマトみたいに柔らかくなったのがうまいんだ。それをスプーンですくって……」

仙川先生も話し続ける。互いに話を終わらせまい、としているようだった。別れの時間が永遠に来ないように——。二人には、これが最後の面会になると分かっているに違いない。

「お菓子をどうぞ」

大粒の栗が入った大福とお茶を置き、少しだけ迷った末にそっと席を外す。二人のやり取りを聞いていると、泣いてしまいそうだったから。それに、今この時は、遠方からいらしたお客様と患者さんに、二人だけの時間を提供することも私の大切な使命だと感じられた。

仕事をしていると、時間はあっという間に過ぎていく。気づくと、面会時間の一時間が終わろうとしていた。

私は再び505号室を訪ねた。

「仙川先生。じゃあ、また来るわね」

白石先生が仙川先生の手を握った。

「うん、また会おう」

あまりにも軽やかな二人の声に、本当にそんなことが起こりそうな気がした。

いや、きっとそうなるのだ。いつかは。

白石先生を病院の玄関まで見送ることにした。

「麻世ちゃん、ちょっといい？」

一階のロビーに降り立ったところで、白石先生は険しい目つきになった。

「仙川先生の脂汗、ひどかったわね。相当、苦しいのを耐えていると思う。主治医の先生はご存じなのかしら？」

ギクリとする。白石先生に問題の本質を言い当てられてしまった思いだ。

「じ、実は……」

仙川先生に麻薬を追加してほしいと言われたこと、だがすでに怖いくらい大量の麻薬が使われていること、だから北島先生に報告するのをためらっていたことを正直に告白した。

白石先生は厳しい表情を崩さず、遠くを見つめるようにして聞いていた。

ひどく叱られると思った。あるまじきことだ、と。しかし白石先生は、「麻世ちゃん、ありがとう」と頭を下げた。

「私がお見舞いに来るから、意識をクリアに保つ方がいいと考えてくれたのね。その気持ちはうれしい。でもね」

私たちのすぐ前を、高齢の患者さんがゆっくり通り過ぎるのを待ち、白石先生は静かに続けた。

「痛みは人によって感じ方がさまざまなの。医療者が決めてコントロールするものじゃない。仙川先生の気持ちに沿った緩和医療を確実に実行する。それが患者さんを『支える』ということだと私は思うのよ」

はるか先に視線を委ね、白石先生はそれだけを言うと、「つらいでしょうけど、最期まで仙川先生のそばにいてあげてね」と私の肩に手を置いた。

「はい」

ずっと仙川先生の下で働き、支えられてきた。その仙川先生がいなくなることを思うと、怖くて心細い。けれど、今こそ自分が支える番だと自覚しなければ。

「忙しいでしょ。もう戻ってね。私のことはいいから」

ふわりとした笑顔を見せ、白石先生は正面玄関を出た。病院の外へ、その先へと遠ざかるのをいつまでも目で追う。

「白石先生、ありがとうございました」

その姿が見えなくなってから、私は深く頭を下げた。

五階の緩和ケア病棟に戻り、私は北島先生に仙川先生が麻薬の増量を希望していると伝えた。それが白石先生の言った、支える側の役割だと気づいたから。

一時間後には、フェンタニルの量を増やす処方が実行された。フェンタニル——モルヒネの百倍もの力価がある合成麻薬だ。今回の増量によって、仙川先生はいつ呼吸抑制が起きてもおかしくないところまで歩みを進めた形となった。


怖い夢を見た。北島先生と大げんかする。そんな夢だった。

「そんなに麻薬の増量をしたら『安楽死』になってしまいます！」

けれど北島先生は「苦痛を取り除くのが優先だ」と、薬剤の注入を続ける。

仙川先生は目を閉じたまま、深い眠りの中に入ってしまった。

「このままじゃ、死んでしまいます！　やめてください！」

泣きながら抗議しても、北島先生は「死ぬほどの痛みがある病気だということだよ。同じ死ぬなら、苦しくない方がいい」と取り合ってくれない。仙川先生の呼吸が弱くなっていった。

「お別れしなさい」

北島先生に言われて、「嫌です。絶対に嫌！」と叫ぶ。

「死の直前に患者さんのもだえ苦しむ姿を見たいのか？　君は鬼だな」

なぜ自分が鬼と言われなくてはならないのか。

「違う！　違います！　ひどい！」

北島先生に殴りかかった。妹尾先輩に腕をつかまれる。そこで目が覚めた。


翌朝、おそるおそる５０５号室を訪室した。

仙川先生はベッドの上で仰向けに寝ており、じっと目を閉じていた。

「おはようございます」

反応はなかった。昨日までとは、様子が違う。やはり意識レベルが低下して、話ができなくなっているのだろう。麻薬の増量を決定したと聞いた瞬間から、「想定内」の状況ではあった。しかし、悲しさに押しつぶされそうだった。

布団はかすかに上下しているから、呼吸は安定している。すぐに止まることはないだろう。誰がつけたのか、枕元ではラジオがむなしく能登地方の観光情報を流している。

しばらくの間、私は仙川先生の顔を見つめ続けた。

「仙川先生、一度、輪島の朝市に行こうって約束したじゃないですか。能登の回転寿司も行ってませんよ。もっと早く連れて行ってあげればよかったですね。ごめんなさい、先生。もし、もしも元気になったら、どこに行きたいですか……」

もしも――そんな言葉を口にした自分に絶望する。仮定は現実にならない。

視界がぼやけた。ラジオ番組がコマーシャルに切り替わり、病室には不似合いなほどの明るくにぎやかな音楽が流れた。

「……牡蠣を、食べに行こうよ」

突然、仙川先生の声が聞こえた。幻聴かと思った。だが、そうではなかった。

「今、ラジオでさ、牡蠣がおいしいって言ってたでしょ？　行ってみようよ」

仙川先生は、以前の仙川先生と変わらない声で、いつものように笑っていた。さわやかな顔で、「今朝は気分がいい」とも言う。

「ええっ!?」

驚いた。今の仙川先生にぴったり必要な量の医療用麻薬が見事に調整され、うまく効果を出してくれている。さすが北島先生！　感謝の気持ちでいっぱいになる。

「いやあ、よく寝た〜。腹も背中もまったく痛くなくて、ようやくぐっすり眠れたよ。ほんとに久しぶりだ。こういうのを、死んだように眠るって言うのかな。昔の人はうまいことを言うもんだ。ねえ、麻世ちゃん」

体の力が抜けた。いつものブラックな言い回しに、ただ苦笑いする。

ただ、ただ、うれしかった。恐怖から解き放たれた思いで、私はゆるゆると仙川先生のバイタルをチェックし、尿量の記録やおむつ交換、清拭などを進めた。

「で、どうなの？」

仙川先生が真顔で尋ねてくる。

「牡蠣、行けるよね？」

再び問いかけてくる声は、真剣そのものだ。

「い、行けるといいですね」

私はそのままナースステーションに駆け込み、市村師長と妹尾先輩に仙川先生の状況を報告した。

疼痛の改善が見られたことを喜んだ二人だが、外出希望の話となると師長は、「牡蠣ねえ……」と難しい顔をした。何度か首をひねった後に、小さなため息をつく。

「分かったわ。それでは、北島先生に許可をいただきましょう」

師長を中心に、私と妹尾先輩、それに北島先生がナースステーションに集まった。私は、仙川先生のリクエストと現在の体調について北島先生に報告した。

「バイタルは安定しています。疼痛コントロールも今日現在、とても良好で、意識レベルも問題ありません。患者さんの外出リクエストに応じるには、絶好のタイミングではないかと思われます。なお、外出時には介護車を手配し、車いす移動の予定です」

私は三人にこれまでのバイタル表を示す。厳しい表情を見せながら北島先生は、その表を指でたどった。仙川先生が緩和ケア病棟に入院して以降の疼痛や吐き気、頭痛、めまい、呼吸困難、不眠といった体の不調に関する記載がずらりと並ぶ。それが、今朝になってまるで凪のように消えていた。

「うん、確かにいいタイミングだね。明日はどうなるか分からない。今日の午後に行ってきなさい」

「ありがとうございます」

これが最後の外出になるかもしれない——その思いは皆が共有していた。リスクがあるのは分かっている。それでもOKを出してくれた北島先生に私は深く頭を下げる。

「ではすみません。午後に半日休を取らせていただきます」

この申し出は、即座に師長に否定された。

「星野さん、これは緩和ケア病棟の業務です。患者さん——仙川徹先生に最後までしっかり寄り添いなさい」

「そうよ、星野さん。がんばって」

妹尾先輩が小さな拍手で応援してくれた。


牡蠣を食べに行くため、久保田さんの介護タクシーを呼んだ。今回もまた、車いすでゆったり乗ることができるタイプの車が到着する。

「大変遅くなりました」

二分ほど遅れたためか、ひどく恐縮している。

「いえいえ、急な配車リクエストを聞いていただいてありがとうございます」

私がそう言うと久保田さんは制帽に手をやり、すぐさま仙川先生の乗車介助に取りかかってくれた。

振り向いた先に師長の姿があった。珍しいことに、見送りに来てくれたようだ。

「久保田さん、当てはあるの？」

突然、師長が久保田さんに向かって大きな声で尋ねる。それから何やら久保田さんと師長との間で相談が始まった。いくつか店の名前を挙げているようだった。

「岩牡蠣の水揚げは夏で終わりなのよ。真牡蠣の旬はまだ早い。だからね、久保田さん、どこか特別な店に連れてってあげて」

市村師長の旦那さんは輪島の漁協で働いていると聞いた覚えがある。さっき師長が、「牡蠣ねえ……」と顔をしかめた理由は、海の幸の旬に関して少なからぬ思い入れがあったからだったのか。

みんなが、いろんな形で仙川先生のことを考え、幸せを願っている。そう気づくと、なんだか笑い出したくなった。私もまったく同じ思いだ。みんなの期待を背負って仙川先生の車いすを押せることが、うれしくて仕方がない。晴れやかな十月の日差しが、目にまぶしかった。

穴水町の中心街から車で二十分ほど北西へ行く。細い道を通り抜けた先に、海に面した大きな民家風の建物が現れた。ここなら牡蠣が食べられるという。久保田さんは店に一声かけるとこちらに戻り、「私は、一時間ほどでまた参ります。近くにおりますので、何かありましたらいつでも呼んでください」と去って行った。

仙川先生の車いすを押して店内に入る。

牡蠣小屋というから市場の共同食堂のような騒々しい場所を想像していたが、そこはこぢんまりとして落ち着いた店だった。

「来てくださってうれしいわ」

迎えてくれたおかみさんはハーバー亭でよく見かける快活そうな女性で、仙川先生とも顔なじみだった。一気にアットホームな雰囲気になった。

目の前で牡蠣を焼いてもらう。外には幻想的な牡蠣の養殖場が広がっていた。黒く丸い浮きの並ぶ牡蠣棚を眺める。時々、炭がパンとはじける音がする。いい香りがただよってきた。

「うまい！」

食欲のなかった仙川先生が牡蠣を一口食べてそう言った。食べられなくても仕方がないと思っていたから、胸が熱くなる。

おかみさんが来て、お茶を注いでくれる。

「いかがですか。ほかにお飲み物は？」

「この、おちゃけで十分おいしいよ」

お酒が飲めなくなっている仙川先生は、ダジャレで返す。朗らかな笑い声を立てるおかみさんも、まさか仙川先生が明日をも知れぬ体だとは思っていないだろう。

奇跡のような時間だった。北島先生の処方に感謝すると同時に、ここに至るまでの自分の迷いを心から反省する。

「なぜ先生はこの町に戻っていらしたの？」

仙川先生から何かを感じ取ったのか、おかみさんが尋ねた。

「子どものころを過ごしただけなのに、ここにいるとね、自然体の自分でいることが許される心地よさを感じましてね。そうしたらもう、よそでは暮らせなくなったんです」

しみじみとした仙川先生の語りに誘い出されたように、隣のテーブルのお客さんが話しかけてきた。

「老後に穴水に戻る人は多いですよ」

初老の男性で、やはりUターン組だという。

「私は東京の証券会社に勤めていて、早期退職で戻って来たクチです。のんびり海を眺めて、時々釣り糸を垂れる。そんなとき、キザな言い方かもしれませんが、魂が喜んでいるのが分かります。私にとっては、生きる楽しさそのものを味わえる場所なんです」

照れたように男性は笑い、「お邪魔しました」と盃《さかずき》を上げる。

「いえいえ、同好の士に出会えてうれしい限りです」

仙川先生もほほ笑んで湯飲みをちょっと持ち上げる。

「ここは派手な観光資源で売り出さない奥ゆかしさがあるんですよ。先生みたいに、ほんとの魅力を知ってくれる人がいるとうれしいわ」

おかみさんがそう言って男性客にお酒を注いだ。

「もっと言わせてもらっていいですか？　穴水のよさをひとことで言えば、『待ち』の姿勢なんです」

「マチの姿勢……待ちぼうけの待ち、ですか？」

小さな盃を挟んで、おかみさんが男性に尋ねる。

「私は、海の荒さは人の気質に影響すると思っています。輪島のような外浦は荒い海に攻めていく漁業ですが、静かな内浦の穴水は、じっとボラが来るのを待ったり、海の中で静かに貝が育つのを待つといった『待ち』の漁業。穴水は、待つ気質なんですよ。ここに戻って来る人は、それが好きなんじゃないかな」

目を細めて聞いていた仙川先生が「分かります、分かります」とうなずく。

「退職後に戻りたくなったのは、攻めの姿勢で生きるのを強いられてきたサラリーマン生活から、待ちの姿勢が許される平穏な暮らしに戻りたかったからです」

男性は、「いや失礼、自分のことばかり。酔っぱらいのたわごとだと忘れてください」と再び照れたように目を細めた。

同じ能登半島でも、外浦と内浦ではそんなに違うのか。

「おもしろいですね」

「うん、おもしろいね。こんど野呂君が来たら、外浦と内浦で食べ比べツアーをしよう」

仙川先生はそう言って頰をゆるめた。

店を出たあとは、少し潮風に当たりたいという仙川先生のリクエストで、車いすを海岸沿いに移動させる。波のない静かな海は、何度見ても幻想的だった。

「内浦は、いのちが生まれて、いのちが去るところだな」

仙川先生がつぶやく。十月の陽光が降り注ぐ海面は、潮の動きとともに時間も止めてしまったかのようだった。

それからしばらくは、不思議なくらい平穏な時を過ごしていた。

医療用麻薬の副作用である吐き気や眠気はほとんど起きず、食事も少量ではあるが口にできた。もしかしたら仙川先生は、このままでずっといけるのかもしれない。そんなふうに錯覚しそうだった。

牡蠣を食べに行った三日後、野呂先生が金沢からお見舞いに来てくれることになった。

今回は仙川先生には予定を知らせないサプライズ訪問を企画した。

野呂先生の到着予定時刻に病院の駐車場へ迎えに出る。見慣れた車が通りを曲がってこちらに向かって来た。

「こっちです、こっち!」

懐かしさでいっぱいになり、大きく手を振る。

「や、麻世ちゃん。元気?」

運転席から降り立った野呂先生は、相変わらずひょうひょうとしていた。

「仙川先生は野呂先生のこと、すごく気にしてたんだよ」

再会の挨拶もなく、すぐに仙川先生の話題になる。まるで昨日まで毎日、会っていたかのように。

「僕、ずっと心配されてたもんな」

野呂先生が肩をすくめた。

「でもね、『このごろ頼もしくなった』って白石先生がほめてくれていたから大丈夫。今は、すっかり安心しているはず」

「だといいけど。で、麻世ちゃんはいつ戻って来るの？」

待たれている――ちょっと幸せな気持ちになる。人手が足りないから、なのは分かっているけれど。

「今月末にここでの実習は終わるけど……」

最期まで仙川先生のそばにいて、と白石先生に言われていた。おそらく、実習期間の終了と仙川先生の死の時期は大きく違わない。それをどう言えばいいかと言葉に詰まった。

「そうか、分からないよね」

すぐに野呂先生も察してくれた。

「こっちは、夏帆《かほ》ちゃんも慣れてきたようだから大丈夫」

まほろば診療所に来た新人看護師だ。

「新田《にった》さん、どう？　がんばってる？」

仙川先生の気持ちが分かるような気がした。

「おう、麻世ちゃんがいなくなってから、すごく頼もしくなったよ」

白石先生と同じような言い方だ。

「野呂っち、なんだか偉そう！」

わざと昔のニックネームで呼んでみた。野呂先生に小突かれる。金沢のまほろば診療所でみんなと過ごした日々が胸の中でいっぱいに膨らんでくる。

「へえ、緩和ケアの専門病棟って、ホテルみたいな造りなんだなあ」

エレベーターを五階で降りて病棟内を進むと、野呂先生が感嘆の声を上げた。まるで自分のことをほめられたようで、その反応に誇らしさを感じる。

居心地のいい空間を作るための工夫などについて説明を加える。白石先生のときよりも私は説明が上手になったように思う。

「さて、ここが病室です！　仙川先生、失礼しまーす」

ワクワクしながら５０５号室をノックした。仙川先生が大喜びする姿が目に浮かんだ。

応答がない。またラジオでも聞いているのだろうか。

「ジャジャーン、野呂先生登場でーす！」

ラジオもテレビもついていなかった。返事の代わりに、荒い呼吸音が聞こえた。

「仙川先生？」

仙川先生の枕元に近づいた。顔色が悪くなっている。

え？　どうして？

私の体を押しのけるようにして、野呂先生がベッドサイドに分け入ってきた。

「麻世ちゃん、酸素！　すぐに主治医に連絡して」

早口で野呂先生が言う。

「今朝まではあんなに元気だったのに……」

泣きそうな気持ちでナースコールを押す。コールを取った妹尾先輩に状況を報告した。北島先生が駆け込んでくる。すぐに指示が出て酸素投与を始めた。

しばらくすると仙川先生の呼吸は落ち着き、脈も平常に戻った。大きく荒れた海が、再び凪の状態を取り戻したかのように。

「先生、遅くなりました。野呂です」

口元を引き締めた野呂先生が、仙川先生に頭を下げた。

「おお、野呂君か。来てくれてありがとう」

酸素マスクをつけた仙川先生の目に涙があふれる。

「仙川先生……」

それっきり野呂先生は黙ってしまった。背中が小刻みに震え、両手で何度も顔をこすっている。

「まほろばを、任せるよ……」

野呂先生は声を出さず、激しくうなずくばかりだった。

十月下旬、重い雲に覆われた空は、灰色に煙って見えた。

野呂先生がお見舞いに来た日を境に、仙川先生はまたも癌に伴う痛みを訴えるようになった。

「北島先生、きっと薬の量を増やすわね」

ナースステーションで妹尾先輩から耳打ちされた私は、不安になった。

「このうえ、さらにまた増量ですか……」

医療用麻薬の量を増やして苦痛だけがうまく取れてくれればいい。けれど、やはり不安がよぎる。副作用に体が耐えられないのではないかと。

朝、５０５号室でリネン交換や排泄介助に当たっていた私に、仙川先生がいぶかしげな目を向けた。

「今日は静かだね」

「海も穏やかかな、いい一日ですね」

「いや、麻世ちゃんがさ」

え――。普段通りのつもりだったけれど、不安で口数が少なくなっていたようだ。

「いつも通りですよ～。私って、いつもそんなに騒がしいですか？」

大げさな笑顔を作っておどけてみせる。

「麻世ちゃん」

改まった調子で仙川先生に名前を呼ばれた。

「はい……」

何を言うのかとちょっと身構えた。

「僕のカンファ、次はいつ？」

緩和ケア病棟で行う次回カンファレンスの予定は、今日の午後だった。仙川先生のケアについても議題にのぼるはずだ。

「麻薬の増量とか、最期のこととかがトピックになると思うんだ。だから出たいんだけど」

すぐには答えられない事柄だった。

「さあ、認めてもらえるかどうか、私には……」

あいまいな言い方をした私に、先生は小さくうなずき返した。

「そのカンファレンスに出席したいって、安岡先生か北島先生に言っといて」

私は言葉を返せず、そのままナースステーションに戻った。まずは、デスクに座っていた妹尾先輩にそっと相談する。すると予想した通り、大きく目を見開かれてしまった。

「聞いたことない！　星野さん、これまで患者さん本人が参加したカンファレンスなんて経験したことある？　看護研修でも、大学病院でも、診療所でも」

ナースステーション中に、妹尾先輩の大きな声が響いた。私が何か失敗をしでかしてしまったかのように。他のスタッフが私たちの方を見た。

「いくら患者さん本人がドクターだと言ってもねえ……」

妹尾先輩の言う通りだ。

「そうですよね……」

私はうなずくしかなかった。医療機関のカンファレンスは、多職種の専門スタッフが患者におもねることなく自由に発言できる場だ。ならば、患者抜き、家族抜きで進めるのが常識だろう。それによって医療とケアの方針が決定されるのだから。

「いや、おもしろいんじゃないか」

背後から北島先生の声がした。ナースステーションの隅のテーブルでカルテを広げ、書類整理の真っ最中だったが、こちらの話を聞いていたようだ。

「仙川さんのそのリクエスト、受け入れてみようよ」

意外な展開だった。妹尾先輩も私も、驚きで声が出ない。

「おもしろいかもしれませんね」

そう声を上げたのは市村師長だ。「介護の世界では、当たり前の取り組みですから」と、何の問題もないでしょと言いたげな顔つきだ。

師長の説明によると、介護保険制度は、ケアマネジャー、介護士、医師、看護師ら多職種のスタッフに加え、介護を受ける本人や家族も参加して、利用者本人のケアプランを話し合う会議――サービス担当者会議の開催を義務づけているのだという。

「医師免許のある患者だから特別に認めるわけじゃない。僕は前々から、事情が許すなら患者本人にカンファレンスに出てもらいたいと思っていた。この病棟は、患者さんが最後まで希望通りに生きるのを支える場なんだから」

なるほど北島先生の決断は理にかなっている。仙川先生の喜ぶ顔が目に浮かんだ。

午後二時過ぎ、カンファレンスの開始から十分ほど経過したところで、車いすに乗せられた仙川先生が会場に到着した。移動介助を担当してくれた若い看護助手と仙川先生に向けて、私はホワイトボード前の席から軽く会釈する。

「……では次、505号室の仙川徹さんをお願いします。今回は患者さんにもご出席いただいております」

場内が少しざわついた。だが、それもすぐに治まる。

看護師の野々村《ののむら》さんが進行役だった。ほかには安岡先生をはじめ、理学療法士や臨床心理士、栄養士、薬剤師、レクリエーション係、ソーシャルワーカー、精神科医、看護助手二人と医療事務員、そして診療科医長の北島先生、市村師長、妹尾先輩、私の十五人が参加していた。

緩和ケア病棟では患者さんの生きる日々を支えるために、多職種かつ多人数のスタッフが関わっている。さらに地域のボランティアさんや、食事作りや清掃のスタッフ、リネン類の洗濯を行う人の存在も欠かせない。平時はそれぞれの持ち場で業務に就いているから気づきにくいけれど、こうしたカンファレンスに出席するたび、実に多くの人によってケアが成り立っているのだと感じる。

「まずは安岡先生からどうぞ」

野々村さんに促され、安岡先生が、軽く咳払いする。

「皆さん、お集まりいただきありがとうございます。仙川徹さん、七十歳、男性。膵臓癌で肝多発転移を来《きた》したターミナルの患者さんです。腹膜転移と骨転移があり、癌と腹水による疼痛コントロールを中心に行っております。モルヒネの増量だけでは十分に対処できなくなり、フェンタニルに変更、神経ブロックの注射や放射線治療も併用し、疼痛は劇的に緩和されました。ただ、現在は新たな苦痛の出現があり、皆様に対応のご検討をいただきたいと思っております」

「皆さんにいつも感謝してます。とりわけ癌の痛みは、先日の処置でかなり楽になりました。本当にありがとうございました」

仙川先生が深く一礼する。

神経ブロック注射や放射線治療による疼痛コントロールは、私もこの病院で新たに学んだことだ。

「では、今後の課題解決に向けて……まず、日常生活はいかがでしょうか？　食事や睡眠などで問題はありませんか？　また、担当者は改善に向けた取り組みがあったら報告してください」

野々村さんが仙川先生の方を見る。

「食事は難しいときもあるけれど、花木《はなき》さんが工夫してくれて助かってます」

仙川先生に名指しされた花木さんとは、管理栄養士だ。

「味付けや形態で、少しでも召し上がりやすいようさらにレシピを改良したいと思っております」

仙川先生が「よろしくね！」と応じる。

続いて花木さんの隣に座っていた理学療法士の田中《たなか》さんが話し始めた。

「腹水で横隔膜が押し上げられ、呼吸が苦しそうでした。私からは、楽な呼吸法についてご指導いたしました」

仙川先生が、「むくみのマッサージも、とても助かっています」と頭を下げる。

「レクリエーション係の日比谷《ひびや》です。先週の茶話会で仙川さんが、『この世で楽しいことなんて、もうないと思ったのに……』っておっしゃっていたのが忘れられません」

「おしゃべりはすごくリフレッシュできるし、痛みも忘れたよ。また頼みますね」

「お風呂がお好きなようですので、これからもご体調のいいときに入浴介助できるように努めたいと思います」

二十代の若い女性、看護助手の山岡《やまおか》さんが頬を染めながら言った。仙川先生がガッツポーズをする。和やかな笑いが起きた。皆、仙川先生の喜びをわがことのように感じている。

次は臨床心理士だった。

「仙川さんは、死ぬことは仕方がないと冷静に死を受け入れているように見受けられます。ただ一度だけ、『人生って何でしょうね』とおっしゃったのですが、うまくお答えできませんでした。当院にも宗教的な対話ができる人がいればいいのに、と思いました」

欧米諸国では病院に「チャプレン」が常駐するケースが当たり前だと聞く。能登さとうみ病院の緩和ケア病棟は、県内でもそれと知られたスタッフの陣容を誇るとは言え、宗教の専門家はいない。これまでも例外的にお寺の住職や牧師さんが来た例はあるとのことだが、日常的なコンタクトはこれからの課題だ。

「医療費や保険の手続きなどでお手伝いをさせていただいておりますが、お困りの点はありませんでしょうか。何かありましたら、いつでもご相談ください」

医療事務員が仙川先生に会釈し、仙川先生も「よろしく」とうなずき返す。

北島先生が口を開いた。

「看護側からはどう？　星野さんの考えは？」

「はい。疼痛緩和の件ですが、レスキューの効果が得られにくくなっている印象です。実は患者さんからはそれほど訴えがないものの、たまに脂汗をかいていて、おつらそうです」

どの医療用麻薬であっても徐々に耐性が出てくる。メガネの度数を調整するように、患者さんの痛みに応じて薬の量を増やし、ときには種類を変えていかなければならない。処方はベースになる薬と効果が不足した場合のレスキューが常にセットで用意される。仙川先生は、レスキューが十分に効いていないように感じられた。

「患者さん自身は、いかがですか？」

司会者に問いただされ、仙川先生が苦笑いする。マイクが回された。

「実は、レスキューを飲んでも痛みはなかなか取れなかったんだけど、深夜に痛いなんて言うと、看護師さんも当直の先生も困ると思って言わずにいました。日中は、立ち上がるときに足が痛む以外は大丈夫です」

朝になれば痛みが軽くなるからと、夜は薬が効かなくても我慢していたと言うのだ。

仙川先生の痛みのコントロールは現在、ベースにフェンタニルが処方され、効果が不足した場合はレスキューとしてモルヒネの内服が追加されていた。それによって夜間の痛みも十分に抑えられていたはずなのに。

「二日前の見直しでモルヒネを増量してもらいましたが、まだ不足のようです。そろそろ限界かと……」

師長が、薬の種類の変更が必要ではないかと北島先生に促した。

「では、そのあたりを改善しましょう。レスキューもフェンタニルにしてみます」

仙川先生に処方する医療用麻薬をすべてフェンタニルに変える方針が北島先生から示された。ただ、フェンタニルは呼吸抑制など重大な副作用も現れやすく、使い方そのものも難しい。

不安そうな顔で仙川先生が挙手した。

「方法はどのように？　パッチですか？　点滴は動けないから嫌なんだけどな……」

フェンタニルはパッチ剤でじわじわと皮膚に吸収させて用いるか、静脈注射で持続的にゆっくり血管に注入するのが一般的な使い方だ。

薬量の大きなパッチ剤を貼って過ごすと、日中は痛くもないのに体に浸透する麻薬の成分が増えてしまう。副作用の出現を考えれば、最小限にしたいところだ。静脈注射は必要なときだけ注入量を増やせるものの、患者は煩わしさを感じる。

北島先生はおもむろに立ち上がり、ホワイトボードに商品名を書いた。

「舌下錠でいいのがあります。四時間おきの頓用で一日四回まで。比較的新しい、超速効のフェンタニルです」

仙川先生は「そんなのがあるんだ！」と手を打つ。

「ただしフェンタニル舌下錠の服用は、はっきり言って呼吸抑制のリスクが大きい。この点、看護スタッフは特に注意するように」

師長や他の看護師はしきりにうなずく。

「皆さん、よろしくお願いします」

仙川先生が車いすの上で頭を下げた。

大きな方針が決まったところで、会場の後方から手が挙がった。

「先ほど、患者さん――仙川さんから、足に痛みを感じることがあるとのお話がありましたけど」

理学療法士の田中さんだ。緩和ケア病棟でもリハビリを担当している。

「仙川さんのカルテを見せていただくと、五年前に大腿骨頸部骨折を経験されてますよね。今、立位の際に足の痛みを感じるのはもしや、そのときの古傷が影響しているかもしれません」

――仙川先生の坂道転倒と大腿骨の骨折騒ぎ！　白石先生や野呂っちが、まほろば診療所に来てくれる前の大事件だ。もうすっかり忘れていたが、仙川先生はなかなか歩けず、長らく車いす生活を送っていた。その痛みが残っている可能性は十分にある。

仙川先生はぽかんと口を開けている。

「なるほど、それもありうる話だ。癌性の疼痛でなければ、手すりを使っての荷重軽減、あるいは温熱などの理学的アプローチが効果的かもしれない。田中さん、ありがとう！」

北島先生は会議室をぐるりと見回すと、改まった表情で仙川先生に向き直った。

「今日は、患者さんご本人がカンファレンスに参加されるという貴重な機会になりました。緩和ケア科を代表して改めてお礼の言葉を申し上げます」

仙川先生は照れくさそうな笑顔で敬礼する。

「我々が目指すのは、心地よく生ききるための医療です。心地よく死ぬための医療、という言い方もできるかもしれませんが、同じことです」

死ぬための医療——北島先生の言葉に、会場全体が静まり返った。

「人が生まれるときに産科がサポートするように、死ぬときもサポートが必要です。自然現象だからと放置すれば、何が起きるか分かりません。つまり、死は自然の営みではあっても、何もせずに放っておけばいいというわけではない。より苦痛なく死を全うできるよう、患者さんを支えるために緩和ケアがあるのです。これからも、患者さんから謙虚に学んでいきましょう。仙川先生、このたびは患者さんの立場から私たちスタッフに学ぶ機会をくださいまして、ありがとうございました」

仙川先生は真顔になって手を挙げ、再びマイクを握る。

「こちらこそ、カンファレンスへ出席させていただき感謝しています。最後に、臨床医としての私の経験もほんの少しお話しさせてください。医療用麻薬について、です。一九九〇年代の医師たちの多くは麻薬に偏見があり、患者が死ぬ直前、本当に苦しくなってから、やっと使っていました。苦痛は耐えるべきもの、という扱いをしていた時代も長く続いた……。けれど二〇〇〇年代後半に入り、日本でも苦痛を最小限にするように加減しながら使うのが一般的となりました。さらに海外に目を転じると、身体的苦痛のみならず精神的苦痛のある患者への使用を認めている国もあります」

仙川先生は何度も息継ぎをするようにして、言葉を続ける。

「さて、仮に緩和治療の副作用によって呼吸停止が起き、死期が早まる可能性があっても、苦痛緩和を目的とするなら麻薬の使用は間違ってはいません。それについては、自信と確信を持ってください。私のような患者たちは、『まずは苦痛から解放してほしい』と願っている。救いの手を痛切に求めているのです。最期まで、どうか皆さん、最期まで苦しくないように、よろしくお願いします」

仙川先生がマイクを膝に置いたとたん、大きな拍手が会議室を包み込んだ。

心の中で、仙川先生の奥さんのことが思い返された。先生の今日の話には、乳癌の苦痛から自死に至った奥さんに疼痛緩和のアプローチができなかった悔しさがにじみ出ているようにも感じた。それにしても、カンファレンスの終わりに涙が止まらなかった経験は初めてだった。

カンファレンスの翌日から、仙川先生は穏やかな日々を過ごせるようになっていた。それはまさに、もう一度だけ手に入れた、苦痛から解放されたかけがえのない時間だった。

何よりも北島先生がレスキュー用に処方したフェンタニルの舌下錠の効き目が素晴らしかった。例の足の痛みは、リハビリテーション科の高木《たかぎ》先生の見立てによって、温熱療法とマッサージで軽減した。立ち上がるのがおっくうだと言って、ベッドの上で顔をしかめて横になってばかりの先生の日常が変わった。

「穴水の海をね、もう一度見たいんだ」

週明けの月曜日、仙川先生はそう言って外出をリクエストした。一時間くらいなら問題ないと外出許可はすぐに下りた。

昼下がり、仙川先生の車いすを押して外に出た。穏やかな光を背に、病院の近くを流れる運河沿いの細い道をゆっくりと歩く。しばらく行くと、穴水湾に面したあすなろ広場に出た。いつの間にか、凪にも景色にも秋の気配が漂う。静かな海を二人で眺めた。久しぶりに得られたすがすがしい時間だ。

「まさに内浦は、いのちが生まれて、いのちが去るところだな……」

仙川先生の声がいつもより弱々しかった。

「先生、苦しくないですか？」

仙川先生は小さく首を振る。

「大丈夫、苦しくないよ。もうすぐ死ぬのか――そう思うと、ちょっと怖いだけ。死ぬのは体が震えた。遠からず仙川先生は未知の世界に入っていく。そこに向かって伴走していくのは、この自分なのだ。

「悪いけど麻世ちゃん、ちょっと手を握ってくれないか」

私は覚悟を決める。

「先生、最期まで私が一緒にいますから大丈夫です。心配ないですよ」

そう言って、仙川先生の手をしっかりと取った。

最後の時間だけでなく、全部大丈夫だと言いたかった。先生が大切にしてきたまほろば診療所も必ず支えます。だから、何の心配もないです。心の底から安心してください、と伝えたかった。

「私また、まほろば診療所でがんばります」

どっしりとした大きな手が、私の手を握り返してくれる。

「ありがとう。立派な看護師になってくれてうれしいよ。本当にありがとう」

何度もうなずきながら、仙川先生はありがとうと繰り返した。そこまでほめられる自分ではない。それが分かっているから、私は恥ずかしかった。

「もっといい看護師になりますから」

「うん、ずっと見ているからね」

「絶対、絶対ですよ、先生。白石先生も野呂先生、亮子さんや新田さんたちとも一緒に、みんなで先生のためにがんばります」

「うれしいな。これで安心して死ねるよ。ありがとう、ありがとう……」

穴水湾の水面は泣きたいくらい静かだった。吸い込まれそうな深い色に、しばし目を奪われる。一時間はあっという間に過ぎた。車いすで戻りながら、この風景は二度と忘れないだろうと思った。


「あの、僕の最後のノートをすぐに持ってきてほしい、とおっしゃっているんですが……」

火曜日、私は仙川先生の元同級生でヘルパーの松浦羽子さんに電話を入れた。

仙川先生の家から、先生の希望する品を病院に持ってきてもらうためだった。

「もう、どれがそのノートだか分からないから全部持ってきたわよ。今日は会合があるから忙しいの。じゃあね」

少しむくれた様子の羽子さんは、カバンから五、六冊の大学ノートを取り出して505号室のテーブルに置いた。仙川先生は、「やあ、悪いねえ」と言いつつも、それほど恐縮しているようには見えない。

「この間、せっかく出席させてもらったカンファレンスのことは、しっかり書き残しておきたいと思ってね」

屈託のない笑みを浮かべ、仙川先生は私にVサインを出した。

続いて水曜日、私のシフトは夜勤だった。この日のお昼どき、仙川先生はなんと、羽子さんら五人と三台の車に分乗し、七尾の回転寿司に行ってきたという。夕方になってそれを聞かされ、私はちょっと驚いた。日中に無理をすると、夜になって熱が出たり嘔吐したりする患者さんもいる。それを仙川先生が知らないはずはないから、命がけの回転寿司だったのだ。

「先生、すごい冒険をされましたね」

元同級生たちとの「約束」を果たしたくて遠出を実現させたようだ。仙川先生らしいとあきれつつも、その律儀で無謀な行動力にある種の感動を覚えた。

「それで、お寿司の味はどうでした？」

仙川先生はニヤッと笑った。

「もうね、僕は胸がいっぱいで。それだけでごちそうさま、だったよ」

残念ながら、食べられなかったようだ。

その夜は特に不安定になることもなく、穏やかに翌朝を迎えられた。

しかし、カンファレンスからちょうど一週間が経過した金曜日の午後のことだ。仙川先生の意識レベルが急速に低下した。

５０５号室は、早くから日の光が薄らぎかけていた。仙川先生はほとんど身動きもせず、深く眠っているような状態だ。いつもより時間をかけ、ていねいに体を診察した北島先生は、ナースステーションに戻ると「あと数日だろう」と口にした。

「先生、お薬です」

午後、便秘の薬を飲んでもらおうと思ったが、それもできなかった。

床ずれを作らないようにと、この日も体位交換を行う。仙川先生には最後まできれいな体で過ごしてもらいたかった。

そのとき、北島先生が５０５号室を訪れた。終末の日を迎えようとする患者さんの所へは、足しげく診察に来る。それが北島先生の常だった。

「何してるの？」

「体交ですが……」

看護師として当然の仕事だった。自分で寝返りを打てない患者さんは、体位を変えて体にかかる圧力を分散してあげる必要がある。

「星野さん、真面目にそう思ってる？　これまでの常識にとらわれちゃダメだよ」

北島先生が目を見開いて、私の顔をのぞき込んだ。

「今は、無理に体を動かされる方が苦痛を感じる時期だ。亡くなる直前の患者さんに体交はいらない」

私がはいでしまった布団に両手を大きく伸ばし、北島先生が手ずからふわりと掛け直す。

「安静にしておいてあげよう」

それから北島先生は、ベッドサイドに置いてあった薬袋にも注意を向けた。

「薬も、飲ませなくていい。今後、別の患者さんで他の診療科から処方があった場合でも、『飲ませる方が苦痛が大きい』とその担当医に報告しなさい。どうしたら安楽な最期を迎えられるか自分の目で現実をよく見て考えなければ。患者さんの苦痛を取り、患者さんが嫌だと思うだろうことをしない——それが私たちができる最後で最高の仕事だからね」

遅くまで病棟に残ってぐずぐずと雑務に時間を割き、病院を出たときには午後十時を回っていた。仙川先生が急変してしまいそうな気がして帰れなかったのだ。

アパートに戻っても、私はなかなか眠れなかった。北島先生の言った言葉が何度も頭の中をよぎる。

苦痛を取り、嫌だと思うことをしないのが最後にできる最高の仕事——もしかして、白石先生のお父さんも、それを娘に伝えたかったのかもしれない。

胸騒ぎがして朝早く出勤した。午前五時、私は居ても立ってもいられなかった。

スタッフを煩わせないよう、そっと505号室に向かう。夜勤の看護師が仙川先生のそばにいた。異常をすぐにキャッチできるよう、頻回に見回っているという。つまり、いつ亡くなってもおかしくない状況になったということだ。

仙川先生の手を握る。

「あ、麻世ちゃんか……ありがとう」

仙川先生の声はひどく弱々しい。けれど、昨日は一日中、意識状態が悪いままだったから、朝になって声を聞けただけでも幸せだ。しかも、こちらに向けてくれたのは力強い笑顔だった。

「先生、大丈夫です。心配ないですよ」

しっかりと握り返してくれると思って待った。けれど、そんな力はもうないようだ。

「先生、こちらこそありがとうございました」

もう一度、先生はふわりと笑った。

そこからはもう、言葉を発することはなかった。

夕方、仙川徹さんの死亡が診断された。

ベッドサイドには、羽子さんをはじめとする小学校の元同級生やハーバー亭で知り合いになった穴水町の人たちが押しかけた。地域医療連携室のスタッフや他院の先生方も数多く姿を見せ、病室はいっぱいになった。「最後のお別れに」とタクシー運転手の久保田さんも、紫色をした一輪の野菊を手に病室を訪ねてくれた。

みんなと一緒に私も泣いていたかった。

けれど、悲しんでいる場合じゃない、と自分に言い聞かせる。

仙川先生と約束したのだ。いい看護師になると。冷静に、的確に、心を込めて、看護師としてやるべきことをこなすことに集中する。そうやって着実に仕事を成し遂げることこそが、きっと仙川先生に安心してもらえる明日につながるのだと信じて。

先生、大丈夫ですよ。もう、何も心配されることはありません——。


十月下旬の昼どき。私は能登さとうみ病院のそばにあるアパートの前に立っていた。ここでドアにカギを閉めて、郵便受けに放り込めば、それで退室手続きは完了——と不動産屋さんに言われていた。

郵便受けにカギを落とせず、胸がいっぱいになっているのを自覚する。半年間にわたる緩和ケア実習は終わったが、私はここを離れがたかった。

遠くに病院の看板が見える。北島先生はじめスタッフのみんなは、今日も患者さんのために一生懸命働いていることだろう。

仙川先生が亡くなった日の翌日、私は羽子さんとともに遺品整理を行った。先生が約半年暮らした家と二十八日間の入院生活を過ごした緩和ケア病棟の病室には驚くほど物がなく、片づけはあっという間に終わった。

そのとき出てきたのが仙川先生の書きつづった六冊のノートだ。

「これは星野さん、あなたが持っていなさい。それが一番いいって」

ノートは「旅路」と題されていた。一冊目の最初の日付は五年前。まほろば診療所の近くの坂道で転んで大腿骨を骨折したことから始まり、一か月後には、東京の城北《じょうほく》医科大学病院から白石咲和子先生が診療所に着任してくれた喜びの文章が続いていた。その後、高血圧や糖尿病、脂質異常症、痛風といった病気が次々と見つかり、さらには膵臓癌と診断された事実も詳しい検査データとともに淡々と書き留められていた。

それは、約五年間にわたる仙川先生の病の記録であり、患者さんや私たちスタッフとどう向き合ったかについての記録でもあった。まほろば診療所で出会った数多くの患者さんの症例、家庭環境や生活歴、ご家族の愛情と葛藤、そして死別の悲しみについても丹念につづられていた。

「葬式無用、戒名不用」

六冊目のノートの最後のページに、仙川先生はそれだけを書き残していた。みんなの前からふっと静かに姿を消す——それも仙川先生らしいと感じた。先生の真似をしたかったわけではないが、私も何となく金沢へ戻る日を誰にも告げられずに今に至っている。穴水町でお世話になった大勢の人たちには、最後の一週間をかけて挨拶を済ませており、このまま町を去っても何の問題もないのだけれど。

突然、鋭いクラクションの音が聞こえた。

アパートの外を見る。タクシーが止まっていた。車の前に立っていたのはなんと、制帽をかぶった久保田さんだ。

その先にはさらに三台の車が並んでいた。それぞれの車の前で、妹尾先輩と羽子さん、北島先生と梶原先生、蔵カフェのママさんとキリコの担ぎ手だった男性三人が手を振っている。

「どうして……」

アパートの階段の上で、不動産屋さんが頭をかいている。そう言えば、出発時間を尋ねられたのを思い出した。

「七尾の駅まで送らせてよ」

大きな声は、北島先生だった。

「お忙しいのに……」

うれしい以上に恐縮する。

「いいのよ。星野さんを見送った帰りに、みんなで七尾の回転寿司に寄ってもいいねって話してるの。仙川先生があんまりおいしそうに話してたから」

妹尾先輩が舌を出す。そうやって私に、余計な気遣いはいらないよと伝えてくれている。

たった半年間の滞在だった。なのに、こんなにも強い絆を感じるのは不思議だ。

穴水町は優しいよ。ここで皆に囲まれていれば安心だ。いつか仙川先生がそんなことを言っていた。私は今、本当にそうだと実感している。

ここでは医療者や家族のみならず、みんなが患者さんに寄り添い、お見舞いやお看取りの輪に加わって支え合っている。その営みは、送られる側だけでなく送る側にとっても大きな心の支えになる。あたたかい緩和ケア病棟のような地域――こんな環境にいられれば、死ぬことも怖くない。

いのちの旅路に寄り添うこと。私は自分の役割が改めて見えてきたような気がした。その支えにすべきものはここにある。肩から提げたバッグの中、仙川先生の大学ノートにそっと手をやった。

「内浦は、いのちが生まれて、いのちが去るところ」

仙川先生に教わった言葉を口の中で転がす。これから私が戻る場所も、穏やかな内浦にしてみせますと誓いながら。

エピローグ

「おーっ、うまいっすね」

まるまる一個のまんじゅうを口に入れた野呂っちが、シナモンの香りを吐きながら吠えた。

私はほろほろのあんを崩さないように、そっと半分だけかじる。優しい甘さがたまらない。

──能登のいも菓子。穴水駅で帰りの電車に乗る前に買った物だ。

口の中が甘いうちに、ペットボトルのほうじ茶をグビリと飲む。以前から思っていたけれど、いも菓子にはほうじ茶がよく合う。本当は熱いお茶がいい、なんてぜいたくを今は言わない。

「うーっ、シアワセー」

私も負けずに吠える。

「いくらでもいけますよ」

片方の手をちょうだいの形にした野呂っちが、うれしそうに待ち構えていた。

五個入りの袋から三個目を出し、その手に載せる。金沢に戻るまでのおやつのつもりだったけれど、のと鉄道の電車が七尾に着く前になくなりそうだ。

それを言うと、野呂っちが「そんなケチなことを言うなら、自分のを食べますよ」と言って、デイパックの中から同じいも菓子の袋を取り出した。ずるーい、ずるくない、を言い合って二人で笑う。

うっすらと自覚していた。こんなふうにはしゃぐのは、二人とも心に受けた衝撃を中和しているのだ、と。

穴水に行こうと決めたのは、今朝だった。この夏、県内の新型コロナウイルス感染者数がまたも増加に転じ、さらにマイコプラズマ肺炎の患者さんが八年ぶりに急増したこともあって、夏休みのスケジュールをギリギリまで決められなかったのだ。

二〇二四年一月一日に起きた能登半島地震から八か月目を迎えていた。被災した町の様子を見たいと思っていたけれど、一人で行くのは怖かった。夏休みの初日、おそるおそる野呂っちを誘ってみた。今日なら行けるよというので、急遽二人で訪れた。

穴水の町を歩きながら、私たちは声が出なかった。災害の様子はテレビの映像でも見てきたし、妹尾先輩からも話を聞いていた。けれど、直接目で見るのとでは全然違った。

ぐにゃりと地中深くから盛り上がったアスファルトの道路に何度も転びそうになりつつ、今もなお建物の下敷きになっている自動車の脇を通り、黒光りする立派な瓦屋根が壁と柱を失って丸ごと地面に落ちてしまった様を見た。あの日、あの瞬間に、人々が体験した恐怖がまざまざと感じられた。

商店街のほとんどの店が閉じられ、町は異様に静かだった。倒壊した住宅や店舗を解体し、災害廃棄物を処理する一角だけが唯一、活気ある音を響かせていた。

そんな痛々しい風景の連なりが、ボディーブローのように私たちの心を打ちのめしていたのだと思う。昼どきを過ぎても、ちっともお腹がすかなかった。それでも最後に、営業を再開したと聞いていたハーバー亭へ向かった。建物は大丈夫そうに見えても休業している店が多かったし、午後二時を過ぎていたから「準備中」になってしまったかもしれない。まあ、仙川先生とよく来た懐かしい店を外からのぞければいいや、くらいの気持ちだった。

ハーバー亭の看板が、あのころのままで立っているのが見えた。それだけで感無量だった。そしてなんと、ハーバー亭はちゃんと開いていた。しかも、見たことがないくらい多くの車が駐車場に停まっており、店内はお客さんでいっぱいだった。

野呂っちがチャーハン、私はしょうゆラーメンを注文した。ご店主は健在で、おかみさんとともに忙しそうに注文をこなしていた。変わらない味だった。夢中で食べながら、おいしさにようやく笑いがこみ上げてきた。

これは、日常が戻ってきている証だ――唐突に私はそう確信した。

町が修復されていく過程は、患者さんの命を救うプロセスにすごく似ている。

まずは大出血を止めるといった命に関わる部分から手をつけ、栄養を取りながらゆっくりと周辺の傷を治していく。鉄道や道路、病院などの復旧が、死の淵から人を救う救命救急の部分だとしたら、次は、こういうおいしい店が町に戻ることで、そこに住む人々が元気になる。患者さんが十分な栄養を取って療養し、少しずつ健康を回復していくのと同じだ。

店を出て、改めて穴水の町を歩いた。周囲の草木は内浦の風にそよぎ、とても静かだった。あすなろ広場の海沿いに立つ。波のない静かな海面と広がる水平線は、以前とまったく変わらず、まるで何も起きなかったかのようだ。

地震で多くのものが失われたけれども、この海は変わらない姿であり続けている——その事実に、ほっとした。

「まだまだ、だね……」

ブルーシートが掛かっている民家を指し、野呂っちがつぶやいた。黒々とした瓦屋根の頂上部が覆われている家が点々と見える。

「大丈夫、これからよ」

地震に襲われた直後、能登さとうみ病院のすべてのフロアは足の踏み場もなかったと妹尾先輩は言った。けれど、この日見せてもらった病院内部はすっかりきれいに整っていた。

「面会票」を持たない身で五階の病棟に立ち寄ることは遠慮し、一階のロビーで妹尾先輩に心ばかりの菓子折りを渡して失礼した。北島先生や安岡先生、市村師長もお元気だと聞いた。透析が再開され、泌尿器科の梶原先生も張り切っているという。病院はすっかり以前の機能を取り戻していた。

大丈夫、止血は終わったのだ。

町なかに目立つブルーシートは応急処置の包帯だ。これから治療する場所——という目印。むしろ、ちゃんと包帯が巻かれていることに安堵していい。なかなか思うように治療が進まない所があっても、誰かが支え、みんなで元気になっていくための青い旗印なのだ。

元気な人が増えていけば、そうでない人を支えることができる。

治らない病気を抱えて生きていく人たちがいる。通院すらできない人たちもいる。私はその人たちのもとへ行き、包帯を巻き、痛む背中をさする。なかなか回復しなくても、それでも包帯を巻き続け、手を添えるのだ。少しでも心地よくなることを願って。

七尾駅でJR線に乗り換え、金沢行きの電車に乗り込むと、夕焼けの空が窓の外に映り込んだ。茜色に染まる空の下で、能登の風景が静かに流れていく。田んぼの中に点在する小さな家々、遠くに見える山々——それらすべてが、震災前の平穏な日常を思い起こさせた。そこでは今また、人々が災害を乗り越え、静かに強く、新しい日常を築いているのだと知った。

「穴水に来てよかった。みんな、力強かった」

やはり穴水町は、私にとって特別な場所だ。何があっても、日常はまた戻って来るし、それを取り戻すための努力が報われる日が必ず来る。そう強く感じた。

「うん。人間は自然の力には逆らえないけれど、自然とともに生きることはできるんだよな」

びっくりするほど胸にしみる言葉が発せられ、思わず目を見開く。あわてたように野呂っちが「仙川先生の受け売りだけど」と付け加えた。

間もなく金沢に到着するというアナウンスが流れた。

「お土産、みんな喜ぶね。白石先生もワインお好きだし。でも、いくら何でも買い過ぎだったんじゃないの？」

穴水の駅で、野呂っちは能登ワインをものすごく大量に買って、まほろば診療所や東京の実家、大学時代の先輩、金沢の友人知人といった人々に送っていた。

「おう。ちょっとは能登を応援したくて」

野呂っち――野呂先生って、やっぱりいい人だ。まほろば診療所での私たちの日々は、どこかできっと、いろいろな人たちの幸せにつながるような気がした。

装幀　印南貴行
装画　吉實恵

【参考文献】

『極論で語る緩和ケア』植村健司著、香坂俊監修　丸善出版

『臨床現場のもやもやを解きほぐす　緩和ケア×生命倫理×社会学』森田達也・田代志門著　医学書院

『フォト&エッセー　やさしの国より　能登劇場　八十八景』藤平朝雄著、渋谷利雄写真　中日新聞社

〈著者紹介〉
南 杏子　1961年徳島県生まれ。日本女子大学卒。出版社勤務を経て、東海大学医学部に学士編入し、卒業後、慶應義塾大学病院老年内科などで勤務する。2016年『サイレント・ブレス』でデビュー。他の著書に『ディア・ペイシェント　絆のカルテ』『希望のステージ』『いのちの停車場』『いのちの十字路』『ブラックウェルに憧れて　四人の女性医師』『ヴァイタル・サイン』『アルツ村』がある。

本書は書き下ろしです。原稿枚数488枚（400字詰）。

いのちの波止場
2024年11月20日　第1刷発行

著　者　南 杏子
発行人　見城 徹
編集人　菊地朱雅子

GENTOSHA

発行所　株式会社 幻冬舎
〒151-0051 東京都渋谷区千駄ヶ谷4-9-7
電話：03(5411)6211(編集)
03(5411)6222(営業)
公式HP：https://www.gentosha.co.jp/

印刷・製本所　株式会社 光邦

検印廃止

ISBN978-4-344-04377-0 C0093